체의 녹색 노트

이 책에 실린 파블로 네루다의 시는 (주)문학동네가 모모 에이전시를 통해
Agencia Literaria Carmen Balcells, S.A.와 저작권 계약을 맺은 것입니다.
저작권법에 의하여 한국 내에서 보호를 받는 저작물이므로
무단 전재 및 무단 복제를 금합니다.

Copyright ⓒ Fundación Pablo Neruda

Farewell from CREPUSCULARIO ⓒ 1923
Poems 1, 10, 20 and **La canción desesperada** from VEINTE POEMAS DE
AMORE Y UNA CANCIÓN DESESPERADA ⓒ 1924
Juntos nosotros, Ritual de mis piernas, Oda con un lamento and **No hay
olvido** from RESIDENCIA EN LA TIERRA ⓒ 1933
Explico algunas cosas and **Un canto para Bolívar** from TERCERA RESIDEN-
CIA ⓒ 1947
**Alturas de Macchu Picchu VIII, Alturas de Macchu Picchu IX, Cortés,
Elegía, Ercilla, Fray Bartolomé de las Casas** and **Lautaro contra el
Centauro** from CANTO GENERAL ⓒ 1950
Korean Translation Copyright ⓒ MUNHAKDONGNE Publishing Corp., 2011

이 도서의 국립중앙도서관 출판시도서목록(CIP)은
e-CIP 홈페이지(http://www.nl.go.kr/ecip)와
국가자료공동목록시스템(http://www.nl.go.kr/kolisnet)에서 이용하실 수 있습니다.
(CIP제어번호: CIP2011005415)

체의 녹색 노트

파블로 네루다 · 세사르 바예호 · 니콜라스 기옌 · 레온 펠리페 지음
구광렬 엮고 옮김

문학동네

녹색 노트, 체 게바라의 마지막 유품

이 글의 첫 행을 체 게바라의 고향 로사리오, 그의 생가 맞은편에 위치한 조그마한 카페에서 쓰고 있다. 대각선 방향의 가로등 불빛 아래서 빛나는 '체의 생가(CASA NATAL "CHE" GUEVARA)'라는 붉은색 표지판이 눈에 들어온다. 언제일지 모르겠지만 지금처럼 체의 기운이 강한 곳에서 이 책을 끝맺을 수 있었으면.

*

2008년 2월 쿠바를 방문했다. aBrace(중남미시인협회)가 주최한 중남미시인대회에 참가하기 위해서였다. 운 좋게도 나의 시집 『팽팽한 줄 위 걷기(Caminar sobre la cuerda tirante)』가 중남미시인상 후보에 올랐기 때문이다. 하지만 몇 해 전부터 사람들 입에 오르내리던 쿠바 시인 펠릭스 콘트레라스Félix Contreras (1940~)

가 유력 수상자임을 알고 있던 터라 상에 대한 기대나 설렘은 별로 없었다. 결국 수상에는 실패했다. 하지만 난 그곳 쿠바 친구들에게서 체 게바라가 죽을 때까지 지니고 다녔던 한 권의 노트에 관한 이야기를 들을 수 있었다.

1967년 10월 9일, 체 게바라 사망 당시 그가 메고 다녔던 홀쭉한 배낭 속에는 색연필로 덧칠이 된 지도 외에 두 권의 비망록과 녹색 노트 한 권이 들어 있었다. 두 권의 비망록은 사후 '체 게바라의 일기'라는 제목으로 출간돼 호사가들의 호기심을 충족시켜주었는데, 나머지 노트 한 권은 시가 빼곡히 적혀 있다는 소문만 무성했을 뿐 40년간 베일에 싸여 있었다. 하지만 몇 년 전 노트 속의 시 69편이 밝혀졌다. 바로 체 게바라가 좋아했던 네 명의 시인, 파블로 네루다Pablo Neruda, 세사르 바예호César Vallejo, 니콜라스 기옌Nicolás Guillén, 레온 펠리페León Felipe의 시들이었다.

한국으로 돌아온 뒤 체 게바라의 녹색 노트를 소개하고 싶은 마음에 2009년 6월 『체 게바라의 홀쭉한 배낭』(실천문학사)을 출간했다. 69편의 시 가운데 특히 체의 혁명적 삶과 밀접한 관련을 맺고 있는 시들을 분석하고, 왜 살벌한 전장에서 시를 필사했는지, 그리고 그 시들은 언제, 어느 곳에서 필사됐는지 같은 의문들을 풀기 위해서였다. 시들이 필사된 시기, 장소를 아는

게 뭐 그리 중요할까 생각할 수도 있겠지만 체 게바라에게는 시가 혁명 기운의 원천과도 같은 것이었다는 점을 생각하면 당시 그의 심경 변화를 유추해보기 위해서라도 가치 있는 일이라 생각했다. 69편의 시들이 대부분 전운이 감도는 전장에서, 초긴장 상태에서 필사되었음을 감안하면 더더욱 필요하다고 생각했다. 필사순으로 52번까지는 콩고 등 아프리카 지역, 53번부터 60번까지는 쿠바, 61번부터 마지막 69번까지는 볼리비아와 관련이 있는 시들이다.

*

출판의 선후가 뒤바뀐 느낌도 든다. 『체 게바라의 홀쭉한 배낭』이 이 책의 각론 성격을 띠기 때문이다. 하지만 두 책이 상호보완적 성격도 지니고 있기에 선후는 그리 중요치 않을 수 있다. 요리에 비유한다면 『체의 녹색 노트』를 메인 디시라 할 때, 69편의 시를 부분적으로 맛보게 하고 분석 종합하여 나름 결론까지 내리는 『체 게바라의 홀쭉한 배낭』은 애피타이저인 동시에 디저트가 아닐까 싶다. 그렇다면 되레 선후가 맞는 건지도 모르겠다. 실제 『체 게바라의 홀쭉한 배낭』을 읽은 다수의 독자가 녹색 노트 속 69편의 시를 온전히 접하고 싶다고 전해왔다.

시는 체 게바라 혁명의 산실이다. 어떤 사상이나 종교, 철학보다 시를 숭상했던 체. 어떤 의미에선 그의 마지막 유품인 '녹색 노트'는 그의 분신이라고도 할 수 있다.

이 책을 내기까지 순탄치 않았다. 형식적 절차 면에서 다수의 난관이 있었다. 어쨌든 체가 죽을 때까지 가슴에 품었던 녹색 노트 속 시 전편을 한국에 소개할 수 있게 되어 기쁘다.

번역을 허락해준 관계자분들과 이 책이 빛을 볼 수 있도록 해준 문학동네에 고마움을 전한다.

2011년 겨울
아르헨티나 부에노스아이레스에서 구광렬

차례

검은 사자들

세사르 바예호
『검은 사자들』에서

삶엔 고통이 있지, 너무나 힘든…… 하지만 난 몰라!
신의 증오 같은 고통: 그 앞에선 온갖 통증의 파도가
영혼의 웅덩이에 빠져드는 듯…… 난 몰라!

얼마 되지 않아; 하지만 고통이지
쇠처럼 강인한 얼굴에도, 굳건한 등에도 골짝들을 파내고 마는
아마도 그들은 철없는 야생 망아지거나
죽음의 신이 아래로 보내는 검은 사자使者 같은 것.

우상적 믿음으로 인해
영혼의 그리스도들이 깊은 구렁텅이로 빠지고
피 튀기는 고통의 신음은 빵이 오븐에서
바사삭 타버릴 때 나는 소리처럼 전령되지.

불쌍하고…… 불쌍한…… 사람들! 그들이 뒤돌아
보면,

누가 어깨를 치나 쓰윽 얼굴을 돌리듯;

광기의 눈은 돌아가버리고

망막에, 죄의 웅덩이에, 곧 그 시선들은 고여버리지.

삶엔 고통이 있지. 너무도 힘든…… 하지만 난 몰라!

이별

파블로 네루다
『황혼의 노래』에서

1

네 중앙에서부터 나처럼 슬픈 아이
무릎을 꿇고 우릴 바라보네.

그의 혈관 속 뜨거운 삶에 의해
우리의 삶이 붙들어매질 것이네.

네 손들의 딸인 그 손들에 의해
내 손들이 살해될 것이네.

지상에서 열린 그 눈들을 통해
난 어느 날 네 눈 속 눈물들을 보게 될 것이네.

2

아마다, 난 그걸 원치 않아.

네 입이 향기를 준 낱말도
그 낱말들이 미처 설명치 못한 것도.

우리가 갖지 못한 사랑의 축제도.
창가에서 훌쩍이던 네 흐느낌도.

우릴 합치게 하는 그 어느 것도,
우릴 결박시키지 못하게 하기 위해.

3

(난 키스하고 떠나버리는

뱃사람들의 사랑을 사랑하지.

돌아오마 하곤
영원히 돌아오지 않는.

어느 항구에도 기다리는 여인은 있지:
뱃사람들은 키스를 하고 떠나버리지.

그러곤 어느 밤 죽음을 껴안고
바다 침대 위에서 잠들어버리지.

4

키스와 침대, 빵으로 된 사랑을
난 사랑하지.

영원일 수도
순간일 수도 있는 사랑.

다시 사랑하기 위해
자유로워지는 사랑.)

5

더이상 내 눈은 네 눈에 매혹적이지 않을 것이야.
더이상 내 고통은 네 곁에서 달콤하지 않을 것이야.

하지만 난 어딜 가든 네 시선과 함께할 것이네.
너 또한 어딜 가든 내 고통과 함께할 것이네.

난 네 것이었고 넌 내 것이었어. 그 외 무엇이 있었
겠나?

우리 함께 굽이굽이 사랑의 모퉁이를 만들지 않았
었나.

난 네 것이었고 넌 내 것이었어.

내가 심은 과수에서 잘라낸 널 내가 사랑하는 거야.

떠난다. 슬프다: 아니 항상 슬퍼.

네 팔목에서 나온 난, 또 어디로 가야 할지 모르겠어.

……네 가슴으로부터 한 남자아이 안녕이라 말하네.

나 또한 그에게 안녕이라 말하고.

물라타

니콜라스 기엔
『'손'의 모티브』에서

이제 알았어, 물라타,

내 코가

넥타이 매듭 같다는

네 말뜻을.

잘 들어

넌 시대에 뒤처져 있어,

네 입은

너무 크고 시뻘게.

기차만큼 큰 몸통,

기차만큼:

기차만큼 큰 입,

기차만큼:

기차만큼 큰 눈,

기차만큼.

사실, 있잖아, 물라타,
내 검둥이 여편네 땜에
네가 전혀
좋질 않거든!

죽은 전원시

세사르 바예호
『검은 사자들』에서

지금 이 시간에
내 안데스의 사랑하는 동심초와 앵두 같은 리타는
뭘 하고 있을까;
비잔티움은 날 질식시키고,
내 몸속엔 풀어진 코냑 같은 피가 잠을 청하는데.

하얀 오후에 속죄의 자세로 옷을 다리던
그녀의 손들은 어디에 있을까;
지금 비가, 내 삶의 의욕을 앗아가는 비가,
가없이 내리는데.

그녀의 플란넬 치마랑 무슨 상관일까;
그녀의 열망; 그녀의 걸음새;
달콤한 사탕수수에 바친 노동.

문에 기대어 황혼 한 줄기를 바라보고 있겠지,
마침내 떨며: "이런…… 오늘은 정말 춥구나!"
한 마리 야생의 새도 울겠지, 기왓장 위에서.

첫번째 사랑의 시

파블로 네루다
『스무 편의 사랑의 시와 한 편의 절망의 노래』에서

여인의 몸, 하얀 구릉, 하얀 허벅지,
너를 내어주는 모습은 꼭 이 세상을 빼닮았구나.
우악스런 농사꾼인 내 몸뚱이는 너를 파헤쳐
대지의 밀밭에서 아들놈이 튀어나오게 한다.

터널처럼 난 홀로였다. 새들은 도망쳤으며
밤은 엄청난 계략으로 나를 침범했다.
내가 살아남기 위해 난 너로부터 떠났다 무기처럼,
내 활시위에 메워진 화살처럼, 내 투석기의 돌멩이
처럼.

하지만 복수의 시간은 다가왔다, 난 널 사랑하고
있다.
가죽의, 이끼의, 갈증 나는 단단한 젖의 몸.
아, 젖가슴 사발! 넋이 나간 눈동자!

음부의 장미들! 네 슬프고 느릿한 음성!

내 여인의 몸이여, 난 네가 상냥하길 고집하리라.
나의 목마름, 끝없는 번민, 막막한 행로여!
영원한 목마름, 어두운 수로들,
끊임없는 피로, 가없는 고통이여.

도착

니콜라스 기엔
『송고로 코송고』에서

자, 이제 도착했어!

숲으로부터 습한 언어가 새어나오고,

힘찬 태양은 우리 혈관에서 떠오르네.

그리고 우리 강한 주먹엔

노가 쥐여 있다네.

깊은 눈망울엔 거대한 야자수들이 잠들고,

탄성은 처녀의 금방울처럼 흔들리네.

단단하고 넓은 우리네 발은,

좁고 황폐한 길 위에 먼지를 일으키네.

우린 이 물이

어디로부터 오는지 잘 알고 있으며,

붉은 하늘 아래 우리 카누들을 밀어주니

또 그 물을

사랑할 수밖에 없다네.

우리네 노래는
영혼의 피부 아래 근육 같다네.

우린 아침에 연기를,
밤에는 불을,
야만의 가죽에 제격인
달 조각 같은 칼을 지니고 왔으며;
진흙에 뒹굴 악어들을,
우리의 열망을 쏠 화살들을,
열대 정글용 혁대와 깨끗한 영혼을.
그리고 무엇보다
아메리카의 얼굴에
개성 있는 프로필을 가져왔다네.

어이, 친구들, 우리 여기 왔다네!

도시는 야생벌의 벌집처럼

아늑한 궁궐들로 우릴 기다리고;

집들은 창문을 통해 무서운 눈들로 우릴 바라보고,

거리는 비가 오지 않을 때의 강처럼 말라 있다.

그래, 하지만 이곳 사람들은 우리에게 우유와 꿀을
줄 것이며

푸른 잎으로 왕관을 씌워줄 것이네.

어이, 친구들 우리 여기 왔다네!

태양 아래

땀을 흘리는 우리의 발은 피정복자들의 땀에 젖은
얼굴을 드러낼 것이고,

별들이 우리 불꽃의 끝자락을 태울 땐

우리네 웃음은 강 위에서, 새의 날개 위에서 꼬박
밤을 샐 것이네.

아가페

세사르 바예호
『검은 사자들』에서

오늘, 아무도 나에게 질문하러 오지 않았습니다.
이 오후, 그 어떤 것도 나에게 요구하지 않았습니다.

기쁨의 빛 아래
조화弔花 한 송이 보지 못했습니다.
주여! 저를 용서해주십시오, 지금까지 너무 조금밖
에 죽지 못했습니다.

이 오후, 많은 사람들이 지나갑니다.
질문도, 요구도 없이 그저 스쳐만 갑니다.

무엇이 잊혀졌는지, 무엇이 남의 것처럼
내 손에 잘못 남았는지 모르겠습니다.

문밖으로 나갑니다.

큰 소리로 많은 이들에게 외치고 싶습니다.
"뭔가를 그리워하나요? 여기 있어요!"

왜냐하면 이 생의 모든 저녁에
어떤 문들로 얼굴을 대하는지
어떤 낯선 것이 내 영혼을 취하는지 모르기 때문입
니다.

오늘, 아무도 날 찾아오지 않았습니다.
이 오후, 난 너무 조금밖에 죽지 못했습니다.

열번째 사랑의 시

파블로 네루다
『스무 편의 사랑의 시와 한 편의 절망의 노래』에서

우리는 이 황혼까지 잃어버렸다.
푸른 밤이 세상 위에 내리는 동안
오늘 그 누구도 맞잡은 손을 보지 못했다.

난 창문을 통해 바라보고 있었다
멀리 언덕들 위로 지는 태양의 축제를.

가끔 동전 한 닢처럼
내 손에서 조각 해가 타오르고 있었다.

네가 날 속속들이 알고 있다는 그 슬픔 때문에
질식할 듯 난 널 그리워했다.

넌 어디에 있었던 걸까?
어떤 이들과 있었던 걸까?

무슨 말을 하고 있었던 걸까?

내가 슬프거나, 네가 멀리 있다 느껴질 때면

왜 사랑의 아픔은 내게로만 다가오려 하는 걸까?

황혼 속에서 늘 지니고 있던 책이 떨어져버렸고,

상처 입은 한 마리 개처럼 내 망토는 내 발 아래로

굴러내렸다.

항상 그렇지, 황혼이 굳은 표정을 지워버리고 질주

하는 그런 오후엔

넌 항상 멀어져 가지.

검은 노래

니콜라스 기옌
『송고로 코송고』에서

얌밤보! 얌밤베!

콩고 솔롱고, 춤을 추어라,

검둥이의;

진정 검둥이의

춤을 추어라.

마마톰바,

세렘베 쿠세렘바.

검둥인 노래하고 취한다,

검둥인 취하고 노래한다,

검둥인 노래하고 간다.

아쿠에메메 세렘보,

아예;

얌보,

아예.

마신다, 마신다, 마신다, 마신다,
마시는 검둥이 넘어진다;
제기랄, 검둥이 넘어진다,
마시는 검둥이 넘어진다:
얌바, 얌보, 얌밤베!

비참한 저녁식사

세사르 바예호
『검은 사자들』에서

언제까지 우린 멍에를 써야만 할까.

불쌍한 무릎을 뻗을 수 있을 모퉁이는 어디에 있을
까.

언제까지 우리에게 양식을 주는 십자가는

노를 멈추지 않을까.

언제까지 병든 우린 의문부호를

달아야 할까……

　　　　　　　우린 식탁 앞에 앉아 있었다

배가 고파 밤을 새는 소년의 고통스런 얼굴로.

언제일까,

영원한 아침의 언저리에서

우리 모두 함께 아침식사를 하게 될 그날은

결코 데려와달라고 하지 않은 이 눈물의 계곡에

언제까지 머물러야 하는 걸까.

                          팔꿈치를 괸 채 눈물로

목욕한 패자는

머릴 숙이며 묻는다. 이 만찬은 언제까지 계속될까.

주정뱅이 하나, 가까이 다가와 우리에게 욕을 하더니

멀어져간다,

인간의 쓰디�쓴 본연, 그 무덤 속 숟가락처럼……

                                어둠 속

의 그 존재, 알 길 없다

이 만찬이 언제까지 계속될지!

스무번째 사랑의 시

파블로 네루다
『스무 편의 사랑의 시와 한 편의 절망의 노래』에서

오늘 밤 난 씁니다 세상에서 가장 슬픈 시를.

예를 들면 이렇게 씁니다: "하늘엔 별이 가득하고,
별은 멀리서 파르르 떨고 있다"고.

밤바람은 하늘에서 빙글 돌며 노래를 부릅니다.

오늘 밤 난 씁니다 세상에서 가장 슬픈 시를.
난 그녀를 사랑했지만 그녀는 가끔 날 사랑했습니다.

오늘 같은 밤 난 그녀를 포옹했습니다.
가없는 하늘 아래 한없는 입맞춤을 했습니다.

그 누가, 감히 사랑하지 않을 수 있었겠습니까.
그녀의 크면서도 흔들리지 않는 눈망울을.

오늘 밤 난 씁니다 세상에서 가장 슬픈 시를.

더이상 나에게 없는 그녀를 생각하며, 그녀의 상실에 파르르 떨며.

끝 모를 밤을, 그녀의 부재로 더욱 끝없는 밤을 들으면,

시는 목장의 이슬처럼 내 영혼 위로 떨어집니다.

내 사랑이 그녀를 지키지 못하면 또 어떻습니까,

별이 가득한 하늘 아래 그녀는 이미 내 곁에 없는데.

전부입니다, 그게. 멀리 누군가 노래를 부릅니다.

그녀를 잃어버린 내 영혼은 사뭇 슬퍼합니다.

내 눈길은 그녀를 가까이 두기 위해 그녀를 찾습니다.
내 심장 역시 그녀를 찾건만 더이상 그녀는 없습니다.

똑같은 밤이, 똑같은 나무들을 하얗게 만들고 있습니다.
우린 더이상, 그때의 우리가 아닙니다.

이제 더이상 그녀를 사랑하진 않지만, 무척 사랑했습니다.
내 목소리는 그녀의 귓전을 두드리기 위해 바람을 찾곤 했습니다.

그녀는 이제 다른 사람, 다른 사람의 사랑이 되겠지요. 내 키스 전의 그녀처럼.
그녀의 목소리, 순백의 육체, 그윽한 눈동자들.

이제 더이상 그녀를 사랑하지 않지만, 어쩜 사랑하는지도 모릅니다.

사랑이 그렇게 짧다면, 망각은 또 그렇게 기니까요.

오늘 같은 밤이면 나, 품 안에 그녀를 가득 안았기에, 그녀를 잃은 내 영혼은 사뭇 슬퍼합니다.

비록 이것이 그녀가 나에게 주는 마지막 아픔이라 할지라도,

비록 이것이 그녀에게 바치는 마지막 시가 될지라도.

파파 몬테로의 디너파티

니콜라스 기옌
『송고로 코송고』에서

당신의 기타에서 나오는 불로

새벽을 태웠지:

죽은 흰 달 아래,

당신의 탱탱하고 생기 있는 살점으로 된 종지,

그 안에 담긴 사탕수수즙.

당신의 노래는

비파나무처럼 둥글게, 물라토색으로 터져나왔지.

말술꾼,

양철판의 숨통,

럼주를 실은 배가

홀로 떠다니는 축제의 기수:

이제 마실 수가 없다면

밤은 어떡하려구,

당신에게 필요한 피를

혈관이 공급하지 못하면 어떡하려구,

음…… 누군가 당신을 난자해

검은 강에 빠뜨렸다면?

파파 몬테로,

이제 알겠네, 그들이 당신을 부숴버렸다는걸!

앞마당에서 당신을 기다렸지,

그러나 당신의 주검만을 들고 왔어;

그냥 주정뱅이 짓이었건만,

그딴 일로 당신을 죽여버렸지;

사람들은 그가 당신의 친구라고 했지만,

당신의 주검을 들고 왔어;

칼은 보이지 않았지만,

당신의 주검을 들고 왔어.

발도메로, 이제 끝났어 :

싸움꾼, 망나니, 룸바춤꾼!

단지 두 개의 촛불이

당신의 그림자를 태우고 있네;

당신의 작은 주검엔

그 두 개의 촛불도 남음이 있지.

아직도 빛을 발하지, 촛불보다 더 말이야.

당신의 노래를 밝혀주던

그 붉은 셔츠,

당신의 잘 빗겨진 머리와

당신 음악의 검은 소금이.

파파 몬테로,

이제 알겠네, 그들이 산산조각 내버렸다는걸!

오늘

달이 종일 내 집 뜰 안에 떠 있어;

날카롭게 땅을 파고들지

그러곤 거기서 머물지.

애들은 얼굴을 씻으려

달 조각을 빼내려 하지만,

난 말이야

이 밤을 베개 속에 넣어두려 하지.

영원한 주사위

세사르 바예호
『검은 사자들』에서

하느님, 살아 있음에 울고 있습니다:
당신의 빵을 취했기에 이처럼 고통스럽습니다;
이 생각하는 가여운 흙덩이는
당신의 옆구리에 붙은 부스럼딱지가 아니에요.
당신 곁엔 떠나갈 마리아도 없지 않습니까!

하느님, 당신이 사람이었다면
오늘날, 신이 될 줄 아셨을 텐데.
하지만 늘 평안하셨던 탓에
피조물의 고통에 대해선 느끼지 못하시는군요.
만약 사람이 당신을 힘들게 한다면 그가 바로 신입
니다.

오늘 내 충혈된 눈망울엔
사악한 촛불이 한들거립니다.

하느님, 당신의 촛불을 밝히고
우리, 오래된 주사위로 놀이를 해봐요……
놀이! 모든 우주의 운을 던지며 놀다보면
죽음의 신이 나타날지도 몰라요.
마치 진흙으로 된
음침한 두 장의 카드처럼 말이에요.

하느님, 컴컴하고 귀머거리인 이 밤,
당신은 놀이를 못하실 거예요.
지구는 한쪽이 갉아 먹힌 주사위고
전향력으로 인해 너무 둥글어졌어요.
구멍, 거대한 무덤 같은 구멍 없인
더이상 구르는 걸 막을 수 없을 거예요.

절망의 노래

파블로 네루다
『스무 편의 사랑의 시와 한 편의 절망의 노래』에서

네 기억은 내가 자리하고 있는 밤에서 솟아오른다.
강은 끝없는 슬픔의 띠를 바다에 잇는다.

동틀 녘 부두처럼 버려졌다.
떠나야 할 시간이다, 오 버림받은 사내!

심장 위로 차가운 꽃비가 내린다.
오, 폐허의 부스러기, 조난자들의 사나운 동굴!

네 속에 전쟁의 날개가 쌓여갔다.
노래하는 새들은 너로 인해 날개를 거두었다.

저 멀리 무엇처럼, 넌 모든 걸 삼켜버렸다.
바다처럼, 시간처럼. 네 안에선 모든 게 난파되었다!

당혹스런 입맞춤의 행복한 시간이었다.
등대처럼 타오르던 혼수의 시간.

항해사의 조바심, 눈먼 잠수부의 격노,
사랑의 혼미, 네 안에선 모든 게 난파되었다!

희미한 안개 같은 내 유년, 날개를 달고도 상처 입
은 내 영혼.
길 잃은 탐험가, 네 안에선 모든 게 난파되었다!

넌 슬픔의 띠를 두른 채 욕망에 매달렸다.
슬픔은 마침내 너마저 쓰러뜨렸다, 네 안에선 모든
게 난파되었다!

난 그림자 드리운 성벽을 뒤로하곤,

욕망과 행위 너머 저편을 향해 걸어갔다.

오, 살이여, 내 살점이여, 사랑했지만 떠나버린 여인,
이 축축한 시간에, 난 널 추억하며 노래를 부른다.

술잔처럼 넌 무한히 다감했으며,
술잔처럼 넌 끝없는 망각으로 부서져갔다.

검은빛, 섬들의 검은 고독이었다,
저리로, 사랑하는 네 품은 날 반겼다.

갈증이었고 허기였다, 넌 과일이었다.
폐허였고 고통이었다, 넌 기적이었다.

아, 여인아, 넌 어떻게 네 영혼의 대지 속에,

네 품의 십자가 속에 내 몸을 온전히 품을 수 있었니!

널 향한 내 욕망은 어마어마하면서도 짧았구나,
    엉망진창 취해 있었으며, 위험하고도 목마른 것이
었구나.

    키스의 묘지여, 아직도 네 무덤들엔 불이 남아 있
구나,
    새들의 부리에 쪼인 포도송이들, 여태 타오르고 있
구나.

    오, 깨물린 입술, 오, 키스한 팔다리,
    오, 굶주린 이빨, 오, 얽힌 몸.

    우리의 결합, 우리의 절망

희망과 노력의 광적인 교접.

그러고도 물과 밀가루 사이 같은 다정다감.
마악 입술에서 구워져 나오는 낱말들.

그게 내 운명이었고 그 안에서 난 항해했으며,
그 안에서 난 또 가라앉았다, 네 안에선 모든 게 난
파되었다!

오, 폐허 더미, 모든 건 네 속에서 추락했다,
어떤 슬픔이 널 목 조르지 않았니, 어떤 고통을 넌
느껴보지 않았니.

뱃머리에 선 배꾼처럼 이리저리
붉고도 뜨거운 노래를 넌 불렀다.

노래 속에선 넌 꽃을 피워댔지만, 사실 넌 부서지기
만 했다.
　오, 폐허 더미, 활짝 열어젖힌 쓰라린 연못.

　눈멀고 창백한 잠수부, 가련한 병사,
　길 잃은 탐험가, 네 안에선 모든 게 난파되었다!

　떠나야 할 시간이다,
　밤이 모든 시간대를 붙잡아매는 이 딱딱하고도 냉
한 시간.

　소란스런 바다의 허리띠가 해변을 감는다.
　차가운 별들 떠오르고, 검은 새들 날아간다.

동틀 녘 부두처럼 버려진 사내.

그의 떨고 있는 그림자만이 내 손안에서 몸부림친다.

오, 무엇보다 멀리. 오 무엇보다도 멀리.

떠나야 할 시간이다. 버림받은 사내!

사탕수수

니콜라스 기엔
『송고로 코송고』에서

수수밭 옆에는
검둥이.

수수밭 위에는
양키.

수수밭 아래는
흙.

수숫대 속엔
피!

머나먼 걸음

세사르 바예호
『검은 사자들』에서

나의 아버지 주무신다.

그의 장엄한 얼굴에서 잔잔한 심장 고동을 느낀다;

지금 너무 곤히 잠드셔서……

만약 당신 가슴에 응어리가 남아 있다면 그건 나 때문일 것이다.

집 안에 흐르는 고독, 기도를 해보지만

오늘 자식들로부터 소식이 없다.

당신은 일어나서 애급으로의 피신을 생각하며

숨 막히는 이별에 어찌할 바를 모른다.

지금, 그리도 가까이 계시지만

당신으로부터 가장 먼 곳에 있는 사람은 나일 것이다.

어머닌

맛없는 맛을 음미하며

텃밭을 오가고,
너무나 부드러운 날갯짓으로
너무나 다정하시다

고독이 흐른다, 정적 깔린 집 안에,
새로운 소식도, 푸성귀도, 어린애들도 없다.
만약 이 저녁에 깨진 사금파리처럼
번뜩이는 게 있다면
아래로, 아래로 굽어진 두 개의 하얀 옛길,
내 마음 그 길에 발 동여맨다.

모두 함께

파블로 네루다
『지상의 거처 1』에서

태양 혹은 다가온 밤으로 만든 당신,

그 무엇과도 비교할 수 없는

그대 흰 모습, 풍성한 가슴,

사랑받는 검은 나무로 된 왕관,

고독한 동물의 코로 그림자 냄새를 맡는 산양의 코.

지금, 내 손은 얼마나 찬란한 무기인가.

뼈로 된 삽과 손톱으로 된 백합을

값지게 해주고 대지의 힘, 그 정당함에

내 얼굴을 두고 내 영혼을 묻고.

밤이 물든 내 순수한 응시, 강력한 박차

쌍둥이 다리의 내 균형 잡힌 몸은

매일 아침 젖은 별을 향해 올라가고

망명한 내 입은 고기와 포도를 깨문다.

내 남성적인 팔, 주석날개의 털이 파고드는 가슴,

태양의 심오함을 빛내기 위해 만들어진 내 흰 얼굴,

의식을 치른 검은 광물질의 내 머리카락,

충격 혹은 길처럼 파고드는 내 이마,

농사를 지을 운명의 성숙한 아들의 것 같은 내 피부,

조혼으로 소금기 어린 내 눈

부두와 배처럼 사이좋은 친구 같은 내 혀

균형 잡힌 흰 시간들로 된 내 이빨

투명한 얼음을 내 이마에 얼게 하곤

등짝을 돌아 다시 눈꺼풀 사이로 들어간 뒤

가장 강한 자극으로 장미다발을 향해

내 손가락들에, 내 뼈로 된 턱에,

풍부한 다리에 재생하는 내 피부.

당신은 영원한 입맞춤과 같은 별의 계절.

가을의 날개 같은 그대!

나의 동료, 나의 애인,
커다란 당신의 눈썹 아래 빛은 잠들고
착한 비둘기는 네 속에서
자주 흰 둥지를 트누나.

굽이치는 가위 모양 흰 파도,
성난 사과처럼 무한히 뻗어나가고
네 위胃를 듣는 떨리는 술통,
밀가루와 하늘의 딸인 네 손.

긴 키스에 강한 듯한 너!
정열적 키스는
너에게 자양분이 될 것이다.
불같은 열정의 깃발은 네 알몸에서 떨며, 오른다
네 머리는 병사의 그것,

그 건조한 원은 부서진다, 가느다란 실로 칼날로,
연기가 남긴 유산처럼.

안토니오 마누라의 납치

니콜라스 기옌
『송고로 코송고』에서

럼주 한 잔처럼

널 마시고 말 거야;

노래의 잔에다

너를 넣고 말 거야,

뜨거운 검둥이 여자야,

꽉 붙어, 내 노래의 허리띠에.

거품으로 된 네 숄을 던져버려

룸바를 추기 위해;

안토니오 마누라는

여기서 춤을 춰야 해:

안토니오가 아무리 싫어해도!

네 자신을 확 풀어버려, 가브리엘라.

물어뜯어

푸른 껍질을,

하지만

촛불은 *끄*지 마;

흰 암컷 새를 취하게 만들어,

둘씩 짝지어 오게,

봉고가 뜨거워지도록……

물라타, 여기서 넌 못 나가,

집에도 시장에도;

여기서 네 궁둥이를 빻을 것이고

네 땀에서 설탕을 뺄 것이고;

또 빻고, 빻고, 또 빻고,

또 찌르고, 찌르고, 또 찌르고,

빻고, 또 빻고, 또 빻고,

포!

네 눈의 씨앗들은

　빽빽한 열매를 가져다줄 거야;

　나중에 안토니오가 오면

　어떻게 네가 여기 있나

　농담으로도 묻지 않게……

　물라타, 검둥이 여자, 오디 같은 여자,

　가장 황소 같은 남자도 못 움직이는……

　왜냐하면 가장 황소 같은 놈은 이렇게 걸어나갈 테
니, 이렇게;

　안토니오 역시 이렇게 걸어나갈 테니,

　못 믿겠다고 소리치는 놈도 이렇게 걸어나갈 테니,
이렇게;

　또 빨고, 또 빨고, 찌르고,

　또 찌르고, 또 찌르고, 포;

뜨거운 검둥이 여자야,

꽉 붙어, 내 노래의 허리띠에!

나의 형 미겔에게

세사르 바예호
『검은 사자들』에서

오늘 난 형이 너무도 그리워

집 베란다에 앉아 있어

이때쯤 장난쳤던 게 기억나. 어머닌

우리의 머릴 쓰다듬으며 말했지 "얘들아……"

지금은 내가 숨지

그 옛날 저녁기도 전에 그랬듯이.

형이 날 찾지 못하게 말이야.

거실, 대문, 회랑.

그런 다음엔 형이 숨고 난 형을 못 찾지.

결국 형은 우릴 울리곤 했지 그 숨바꼭질에서 말이야.

8월 어느 밤, 형은 숨었지, 새벽녘까지

하지만 웃으며 숨는 대신 슬프게 숨었지.

꺼져버린 이 저녁, 쌍둥이의 심장은

더이상 형을 찾지 못해 지겨워하지.
벌써 영혼에 그림자가 드리우는데.

형! 너무 늦게까진 숨지 마.
알았지? 엄마가 걱정하시잖아.

내 다리들의 의식

파블로 네루다
『지상의 거처 1』에서

내 가슴의 심연에 깊이 스며든 멋있는 한 여인의 다리 같은, 내 긴 다리를 끝없는 애정과 호기심으로 아주 긴 시간 바라봐왔다.

시간이 지나면 땅 위로, 지붕 위로, 내 불순한 머리 위로, 시간이 흐르면 내 침대에선 밤을 느끼지 못하고, 한 여인이 발가벗고 내 옆에서 쿨쿨 자고 있는 것을, 이상하고 어두운 것들이 부재不在를 대체하고, 악덕하고 멜랑콜리한 생각들이 내 침실에다 무거운 씨앗을 뿌리고, 난 또 내 다리를 마치 견고하고 달콤하게 박혀 있는 남의 다리인 양 바라보고.

나무줄기처럼 미끈하고 여성적이고 사랑스런 것들이 내 무릎에서부터 올라와 무지막지하게 굵은 신의 팔뚝처럼, 인간의 옷을 괴물처럼 입고 있는 나무들처럼, 가없이 건조한 내 입술을 건드린다. 복잡한 내용물

없는, 호흡기관, 내장, 신경절도 아닌, 바로 내 생명의
순수함, 달콤함, 빽빽함 외, 그 무엇도 아닌, 그럼에도
완벽하게 내 생을 지켜주는……

　사람들은 몸뚱어리를 소유하고 있다는 사실을 망각
한 채, 현실 속에서 세상을 건너가지. 마치 어둡고 외
설적인 옷 보관소들이 세상을 지배하는 양……
　그 속에 생이 있고 공포가 있고 몸을 규정하는 낱말
들이 있는데, 길거리에 완전히 빈 옷들이 걸어가기라
도 하는 것처럼 말이지

　옷들은 존재감을 갖지. 색깔, 형태, 디자인…… 지
나치게 많은 가구, 지나치게 많은 방이 세상엔 있지
　내 몸은 그 많은 것 아래서 쓰러지지, 사슬이 채워
진 노예처럼……

좋아, 내 두 무릎, 작은 매듭으로 확실하고 건조한 형태로 내 두 다리의 반을 분리시켜

다른 두 세상, 다른 두 성性도 내 다리 아래, 윗부분만큼은 다르지 않지

무릎에서부터 발까지, 냉정하게 유용하게, 복사뼈는 작정하고 만들어진 것이지, 아주 정밀하게……

감성 없이 짧고 단단한 남성적인 내 두 다리는, 마치 동물 같지. 그 속엔 삶이 있지. 단단하고 날카롭고 뾰족한 삶.

생은 내 발에서 마침내 끝나지. 낯설음과 적의가 거기서 시작되니, 세상의 모든 이름, 명사적인 것, 형용사적인 것, 모두 거기서 조밀하고도 차갑게 나오지

항상,
양말, 구두 등은 내 두 발과 땅 사이에 있지.

내 자신의 고독을 끝까지 몰고 가,

나의 생과 땅 사이에서 뭔가를 기획해내는,

공공연한 적인 셈이지.

센세마야

니콜라스 기옌
『서인도 주식회사』에서

뱀을 때려잡기 위한 노래.

마욤베— 봄베— 마욤베!

마욤베— 봄베— 마욤베!

마욤베— 봄베— 마욤베!

뱀은 유리 눈알을 갖고 있어;

뱀이 와선 몽둥이에 감기지;

유리 같은 눈알로 몽둥이에,

유리 같은 눈알로.

뱀은 발 없이 걸어가지;

뱀은 풀 속에 숨어버리지;

걸어서 풀 속에 숨지,

발 없이 걷지.

마음베— 봄베— 마음베!

마음베— 봄베— 마음베!

마음베— 봄베— 마음베!

도끼로 때리면 죽어버리지:

때려버려!

발로 밟으려 하지 마, 널 문다구,

발로 밟으려 하지 마, 도망간다구!

센세마야, 뱀,

센세마야.

센세마야, 뱀 눈들,

센세마야.

센세마야, 뱀의 혀,
센세마야.
센세마야, 뱀의 입,
센세마야.

죽은 뱀은 밥을 먹질 못하지,
죽은 뱀은 휘리릭 휘파람을 불지 못하지,
걷지 못하지,
뛰지 못하지.
죽은 뱀은 바라볼 수가 없지,
죽은 뱀은 마시질 못하지,
숨을 쉬지 못하지
물지 못하지.

마욤베— 봄베— 마욤베!

센세마야, 뱀은……

마음베— 봄베— 마음베!

센세마야, 움직이질 않네……

마음베— 봄베— 마음베!

센세마야, 뱀은……

마음베— 봄베— 마음베!

센세마야, 죽어버렸네.

불완전한 탄생

세사르 바예호
『검은 사자들』에서

난 태어났어
신이 아파하던 날.

모두 내가 살아 있고,
나쁜 놈이란 걸 알지만;
그 1월의 12월에 관해선 모르지.
아무튼 난 태어났어
신이 아파하던 날.

아무도 더듬어선 안 되는
내 형이상학적 하늘엔
텅 빈 공간이 있지:
불의 꽃에 말을 걸던
정적의 수도원.

난 태어났어
신이 아파하던 날.

형제여, 들어봐, 들어봐……
좋아.
12월들을 데려가지 않도록,
1월들을 내버려두지 않도록
아무튼 난 태어났어
신이 아파하던 날.

모두 다 내가 살아 있음을
또 곱씹고 있음을 알고 있지……
하지만 모르지,
왜 내 시에선
어두운 관이 삐그덕 무미건조한 소리를 내는지

사막의 질문쟁이 스핑크스를 휘감는
나선형 바람 소리 저 멀리 들려오는지.

모두 다 안다오…… 하지만 모른다오
빛이 폐병 환자란 걸,
그림자가 뚱보란 걸……………
하지만 모른다오 시가 통합시켜준다는 걸………
시는 슬프고 음악적인 곱사등이란 걸
저 멀리 경계에서 경계까지의 정오의 발자국을
시가 알려준다는 걸.

난 태어났어
신이 아파하던 날,
아주 아파하던 날.

비운의 찬송

파블로 네루다
『지상의 거처 2』에서

오, 비둘기떼
물고기와 장미넝쿨 속 여자애,
네 영혼은 마른 소금으로 가득한 병甁이요,
네 피부는 포도가 가득한 종鐘이로구나.

불행히도 네게 줄 것이라곤
손톱, 속눈썹, 우그러진 피아노,
내 심장으로부터 퐁퐁 쏟아져나오는
먼지 폭삭한, 불행으로 가득한,
쏜살같은 꿈밖엔 없구나.

키스와 양귀비만으로 널 사랑할 수밖에 없음이라,
비에 젖은 천일홍,
회색빛 말들, 누런 개들을 바라보며.
사색하는 물과 방황하는 유황이 충돌하는,

등에 파도를 싣고 슬픈 무덤들 위로 자라나는,

아, 젖은 풀과 함께 강물 따라 흐르는 공동묘지를
거슬러 널 사랑할 수밖에 없구나

가라앉은 가슴과 묻히지 못한 아이들의 창백한 명
부 사이 많은 죽음이 유영하도다.

내 소외된 열정과 슬픈 입맞춤에 내 머리카락이 잘
리는 동안,

내 머리 위엔 물이 떨어지누나.

시간의 물, 풀어진 검은 물, 밤의 목소리와

우중 새의 비명과, 내 뼈들을 보호해주는 젖은 날개
의 가없는 그림자와 함께

그동안 난 옷을 입는다.

그동안 난 거울과 유리를 통해 날 바라본다.

듣는다, 시간에 의해 부패된 슬픈 목소리를,

누군가 흐느끼며 내 이름을 부르고 내 뒤를 밟는 소
리를……

넌 땅 위에 서 있다,

날카로운 바위와 번개로 가득한.

넌 키스를 유포하고 개미들을 죽인다.

넌 아파서 운다,

양파, 벌, 불타는 알파벳으로 운다.

네 눈은 푸른 칼이다

널 만지면 강처럼 물결이 인다.

흰옷을 입은 내 영혼에게로 오라,

재로 된 잔과 핏빛 장미로 된 노를 저으며,

사과 한 알과 말 한 필로 오라,

그곳엔 오로지 컴컴한 거실과 부서진 촛대,

겨울을 기다리며 틀어져버린 몇 개의 의자,

번호를 단 죽은 비둘기 한 마리 있으려니.

할아버지

니콜라스 기옌
『서인도주식회사』에서

북쪽 지방 눈을 가진 천사 같은 저 여자,
유럽 혈통의 리듬으로 공손히 사는,
무시한다네, 그 리듬 바닥에는
딱딱한 북채로 목이 쉰 검둥이가 부드러운 북을 친
다는 걸.

오뚝 콧날의 멋들어진 선 아래,
입은 가볍게 그려지고
파르르 빛나는 알몸엔 고독한 흰 눈을 더럽힐
까마귀 한 마리 없구나.

아, 여인이여! 신비로운 혈관을 들여다보라;
네 속에 흐르는 생생한 강물에서 노를 저어라,
지나치며 보아라, 백합, 장미, 연꽃 들;

신선한 언덕을 도망치는 할아버지의 그 달콤하고도
어두운 그림자를 불안히 보아라,
네 금발에 물결을 일구던 할아버지의.

망각은 없다(소나타)

파블로 네루다
『지상의 거처 2』에서

나에게 어디에 있었는지 묻는다면

난 "다 그런 거지" 하고 말할 수밖에 없어.

돌로 인해 깜깜해진 땅과

흐르면서 부서지는 강에 관해 말할 수밖에 없어:

난 새들이 잃어버린 사물들만 알 뿐이고

뒤에 두고 온 바다와 울고 있는 누이에 관해 알 뿐
이지.

왜, 그렇게 많은 고장들이 있으며

왜, 하루는 또 다른 하루를 이어가는지.

왜, 입속에 검은 밤들은 쌓여가고

왜, 사람들은 죽어나가는지.

나에게 어디에서 왔는지 묻는다면 난 부서지고 부
러진 것에 관해 말하겠어.

지나치게 쓰라린 가구들,

썩어버린 가축들,

내 괴로운 심장의 얘기를.

서로 교차하는 기억이 아니다
망각 속에 잠자는 노란 비둘기도 아니다
눈물 젖은 얼굴들, 목구멍 속의 손가락들이며
나뭇잎에서 빠져나오는 것들이다:
흐르는 어느 날의,
우리의 슬픈 피로 살아가는
어느 날의 어둠.

우리가 그토록 좋아하는 오랑캐꽃,
그리고 시간과 달콤함이 흐르는
긴 꼬리의 엽서에 나타나는
제비들이 여기에 있다.
하지만 무슨 답을 해야 할지 모르니

우리 그 이빨들을 꿰뚫고 들어가지 말며,

침묵이 쌓이는 껍질도 깨물지 말자.

죽은 자들이 많고,

붉은 태양이 지는 해변들이 많고,

암초들이 많고

키스를 막는 손들이 많고

내가 잊고자 하는 것들이 너무나 많으니까.

두 할아버지의 발라드

니콜라스 기엔
『서인도 주식회사』에서

두 할아버지의 그림자가

날 호위하네.

가죽과 나무로 된 북과 뾰족한 뼈를

창끝에 매달아 던지는:

내 흑인 할아버지.

회색 갑옷에,

목에 두툼한 깃 장식을 두른:

내 백인 할아버지.

맨발에, 돌 흉상의

흑인 할아버지;

남극 유리 동공

백인 할아버지!

귀가 먹어버릴 징 소리와
습윤한 정글의 아프리카.
아, 죽겠네!
(흑인 할아버지의 말씀.)
미국산 악어 카이만이 득실대는 늪지대,
코코넛의 푸른 아침……
아, 지겨워!
(백인 할아버지의 말씀.)
씁쓸한 바람의 촛불,
황금에 불타는 범선……
아, 나 죽겠네!
(흑인 할아버지의 말씀.)
오, 유리구슬에 속은
처녀 목 같은 해안들!
아, 지겨워!

(백인 할아버지의 말씀.)
열대의 쳇바퀴에 갇힌,
순전히 세공된 태양;
원숭이들의 꿈 위에 뜨는
둥글고 흰 달!

아, 그 많은 배, 배들!
아, 그 많은 검둥이, 검둥이들!
사탕수수의 긴 광채!
검둥이 노예를 다루는 채찍!
울음과 피의 돌,
터진 혈관과 눈동자 들,
텅 빈 새벽, 궁리의 저녁
산산조각 내는 목소리,
힘찬 목소리.

아, 그 많은 배, 배들, 검둥이들!

두 할아버지의 그림자가
날 호위하네.

돈 페데리코는 소리치고
돈 파쿤도는 정적을 지키네;
두 양반 밤새 꿈을 꾸며 걸어가고
난 그 두 양반을 합쳐드리네

　　　— 페데리코!
파쿤도! 마침내 두 양반 서로 포옹하네.
심호흡하곤 단단한 머리들을 치켜드네
높은 별 아래, 두 분의 키가 똑같네
흰 손, 검은 손

같은 크기의 그들이 소리치네,
꿈을 꾸네, 울음 우네
노래를 부르네,
노래를 불러,
노래를 부른다구!

XI

세사르 바예호
『트릴세』에서

한 소녀 길에서 만나네

날 포옹하네.

누굴까, 그 소녀, 어디서 본 듯한데

기억이 안 나네

이 애는 내 사촌이라네. 오늘, 그녀의 몸을 건드리는 날,

한 쌍의 잘못 파헤친 무덤처럼, 내 손은 그녀의 나이를 더듬고 있네.

우리 둘 사이 델타별이 같은 슬픔으로 어두운 태양을 향해

달아나버리네

　　"결혼했어, 나"

돌아가신 숙모 집에서 말했던 것처럼.

결혼했어.

결혼했어.

수년 후,

투우 놀이를 하고 싶다네

모두 순박하게 속는,

예처럼 천진하게 속았던.

몇몇 일을 설명하자면

파블로 네루다
『지상의 거처 3』에서

너희들은 물을 것이다: 리라꽃은 어디 있소?
양귀비의 형이상학적 꽃봉오리는 또 어디 있소?
그들의 언어로 새들을 후둘기고
구멍들을 메우던 그 비는 또 어디 있소?

오늘 너희에게 나에게 일어난 일들을 고하겠다.

난 마드리드의 한 지역에서 살았다
종들과 시계들,
그리고 나무들과 함께 말이야.

거기서부터 카스티야 지방의 마른 얼굴이 보였지
가죽으로 된 바다 같은 내 집은 꽃들의 집이라 불렸고
온통 제라늄 천지였으며
개들과 그 강아지들로 가득했던 아름다운 집이었지

     라울, 기억나지?

기억 안 나, 라파엘?

    페데리코, 땅 밑에서도 기억하지,
6월의 햇볕 아래 꽃들이 네 입에 가득했던
발코니가 있던 내 집 말이야?

       형제여, 형제여!

모두
큰 목소리였어, 시장 물건들 말이야,
맥박이 뛰는 빵 덩어리하며,
고등어들 사이 창백한 잉크병 같은 동상이 있는
내 살던 아르게예스 시장 말이야:
식용유는 숟가락에 도달했지,
손발의 쿵쿵 뛰는 맥박은
거리를 가득 메웠고,

미터와 리터,

생의 날카로운 에센스,

                    차곡 쌓인 생선들,

화살조차 피곤해 피해갈

차가운 햇살로 짜인 지붕,

감자의 정교하고 몽롱한 상앗빛 이빨들,

바다까지 펼쳐진 토마토들.

어느 아침 모두 불타오르던

어느 날 아침 존재들을 삼키고 땅으로부터 불이 솟

았어

그날 이후 불이,

그날 이후부터 재가,

그날 이후부터 피가.

도적 떼, 비행기와 모로족을 대동한

도적 떼, 고수머리와 공작 부인 들을 대동한……
축복을 내리는 검은 수도승을 대동한.
어린애들을 죽이려 하늘로부터 왔지
거리엔 단지 그들의 피가 흘러내렸어
어린 것들의 피가.

자칼조차 싫어할 자칼,
마른 엉겅퀴가 침을 뱉으며 물어뜯고 말 돌들,
뱀들조차 증오할 뱀들!
너희 앞에서 스페인의 피가 일어나는 걸 보았지
자존심과 칼의 파도를 질식시키기 위해
일어나는 피의 파도를!

장군들
반역자들:

보라 내 죽은 거처를,

보라 썩어버린 스페인을:

죽은 집마다 꽃들 대신 벌겋게 단 쇠가 나오고,

스페인은 또 스페인의 빈 구멍, 구멍이 나오고

죽은 어린애마다 눈알이 박힌 총들이 나오고,

범죄마다 어느 날 심장의 자리에서 발견될

총알들이 나오고

너희들은 물을 것이다.

왜 당신의 시는

우리에게 꿈을 얘기하지 않냐고, 잎들을 얘기하지

않냐고,

당신 조국의 위대한 화산에 대해 말하지 않냐고?

와서 보아라 거리에 넘치는 피를,

와서 보아라

거리에 넘쳐나는 피를,

와서 보고 말해라!

거리에 넘쳐나는 피를!

네번째 고뇌

니콜라스 기옌
『스페인』에서

페데리코가 된 순간

로만세*의 문을 두드린다.
— 여기 혹시 페데리코 없어?
파파가요**가 답한다:
—나갔어.

유리문을 두드린다.
—여기 혹시 페데리코 없어?
손 하나가 나와서 가리킨다:
—강에 있어.

집시의 문을 두드린다.

---

*8음절 시 혹은 낭만.
** 열대 앵무새의 일종.

─여기 혹시 페데리코 없어?
아무 대답이 없다, 아무……
─페데리코! 페데리코!

어두컴컴한 빈집;
벽엔 검은 이끼가 숭숭하고;
두레박이 없는 우물가,
푸른 도마뱀들이 득실대는 정원.

부드러운 흙 위엔
달팽이들이 지나가고,
7월의 붉은 바람이
폐허에 살랑이고.

페데리코!

집시들이 어디서 죽니?
그들의 눈은 어디서 차갑게 식니?
어디 있을까, 오질 않으니……!

(노래 한 곡 흐르고)

일요일 밤 나갔다네,
그날 밤 나가서 안 돌아온다네.
백합 한 송이 손에 들고,
눈에는 열熱이 가득;
백합은 피로 변하고,
피는 죽음으로 변하고.

(가르시아 로르카가 된 순간)

페데리코는 감송과 벌꿀,

올리브와 카네이션 그리고 차가운 달을 꿈꾼다.

페데리코. 그라나다 그리고 봄.

뾰족한 고독 속에서 잠을 자고,

그들의 레몬 나무 발치에다

음악을 던지고.

별들이 타오르는 높은 밤은

그 투명한 꼬릴 찻길에서

질질 끈다.

손이 묶인 채 천천히 지나가던 집시들이

갑자기

"페데리코"라 외친다.

피가 모조리 빠져버린 혈관이 내는 소리,
꽁꽁 얼어, 곱아버린 몸통의 열정,
사각사각 밟아가는 부드러운 발자국!

채 익지 않은 채 가고 있었다:
이제 막 밤이 되어가던 밤은
척추가 없는 딱딱한 길을 맨발로 걷고 있었다.

페데리코는 빛을 뒤집어쓰고 달아나버렸다.
페데리코, 그라나다 그리고 봄.
달과 카네이션, 감송과 벌꿀과 함께
향기 가득한 산으로 달아나버렸다.

XV

세사르 바예호
『트릴세』에서

그 많은 밤을 함께 보낸 저 모퉁이,
하지만 지금 나, 걷기 위해 앉아 있네.
죽은 연인들의 침대는 누가 빼버렸을까?
아니, 무슨 일이 있었던 걸까?

넌 조금 전 다른 일로 여기 도착했지.
지금은 없구나. 네 곁에서,
네 허벅지 사이에서 밤을 읽고
알퐁스 도데의 이야기를 읽었건만.
혼동하지 마,
이 사랑하는 모퉁이에서였잖아.

지난 여름날을 생각해,
작고 창백한 얼굴로
이 방 저 방 드나들던 너를.

비 내리는 이 밤,

우리 둘, 너무 멀리 떨어져 있다.

열렸다 닫히는 두 개의 문,

그 사이로 넘나드는 바람,

그리고 그림자 둘.

볼리바르 신부를 위한 노래

파블로 네루다
『지상의 거처 3』에서

신부님, 땅에도, 물에도, 정적의 모든 위도상에도,

우리의 거처 모든 곳, 당신 이름과 함께합니다:

당신의 성姓 볼리바르는 사탕수수에 단맛을 주고;

볼리바르 주석은 볼리바르 광채를 띠고,

볼리바르 새는 볼리바르 화산 위를 비상하며,

감자, 초석硝石, 모든 것이

꺼진 당신 생명으로부터 나온답니다,

강, 평원, 종탑, 매일 먹는 빵 조각들,

조각조각 당신이 남긴 유산입니다. 신부님.

용맹스런 대장, 당신의 작은 시체는

금속의 형태로 끝없이 펼쳐져,

눈 속에서 당신의 손가락들을 불쑥 나오게 하고

남극의 어부는 빛으로 당신의 미소를 낚아내고

그물 속에선 당신의 목소리가 고동칩니다.

당신의 영혼에 바쳐질 장미 색깔은요?
당신의 발자국을 추억케 할 붉은색일 거예요.
당신의 재를 만지는 손들은요?
당신의 재에서 탄생하는 손들은 붉은색일 거예요.
당신의 죽은 심장의 씨앗은요?
당신의 산 심장의 씨앗은 붉은색이었을 거예요.

오늘 당신 곁에 손들을 잡고 원을 그려요.
내 손 곁에 다른 손들이, 그 곁에 또다른 손들이,
검은 대륙의 바닥까지 당신이 모르는 손들까지.
볼리바르, 당신의 손을 잡기 위해 옵니다,
테루엘에서 마드리드까지, 하라마에서 에브로까지,
감옥에서, 하늘에서, 스페인의 죽은 자들로부터
당신 손이 낳은 이 붉은 손 곁으로 오고 있어요.

대장, 투사, 입 하나가
자유를 부르짖은 곳, 귀 하나가 귀 기울여 듣던 곳,
붉은 군인 하나가 검은 요새를 깨부수던 곳,
자유의 월계수가 싹을 틔우고, 새로운 깃발이
고귀한 극광의 피로 장식되던 곳.
볼리바르 장군, 당신의 얼굴이 멀리 보입니다.
다시 한 번 화약 연기 속에서 당신의 칼은 태어납니다.
다시 한 번 당신의 깃발은 피로 수놓아집니다.
사악한 자들은 또다시 당신의 씨앗을 공격하고,
다른 십자가엔 사람들의 아들이 박혀 있어요.

당신의 그림자는 우릴 희망으로 안내합니다,
당신의 붉은 군대의 월계관과 빛은
아메리카의 밤을 통해 당신의 안광이 됩니다

당신의 눈은 바다 너머를 지키고

불타버린 검은 도시들을 지키고

상처 입고 억압받은 민중을 지킵니다

다시 태어난 당신의 목소리, 당신의 손으로

당신의 군대는 성스러운 깃발을 지킵니다.

자유는 피로 물든 종을 흔들고,

극광을 앞세우고

자유의 화신, 평화의 세상을 당신의 팔뚝에서 솟구
치게 합니다

당신의 피로부터 나온 밀,

우리 젊은 피로 반죽해 빵을 만들겠습니다

우리 세상을 위한 평화의 빵을.

난 신부님을 어느 날 아침 만났습니다,

마드리드에서 5연대의 입구에서,

난 말했습니다. 당신은 무엇입니까, 당신은 무엇이
아닙니까?

산속 병영을 바라보며 당신은 말했습니다:

"난 백 년마다 깨어나지, 민중이 잠에서 깨어나는
그 백 년마다."

왜 그렇게 생각하는지

니콜라스 기옌
『군인들을 위한 시와 관광객들을 위한 노래』에서

군인아

너와

나,

같은 사람인데

넌 왜 내가 널 증오할 거라 생각하니?

넌 가난해, 하지만 나도 그래 ;

난 하층 출신이지, 하지만 너도 그래 ;

내가 널 증오할 거란 생각을,

어디서 *끄*집어낸 거니?

군인아 난 가끔 가슴 아파하지,

내가 누군지 넌 잊어버리니까

내가 너라면

너는 바로 난데 말이야

하지만 그걸로 널 원망하진 않아

너와

나,

같은 사람인데

모르겠어, 군인아

넌 왜 내가 널 증오할 거라 생각하는지……

이제 곧 같은 거리에서

어깨를 맞대고 걸어가는 너와 날

보게 될 거야

서로 증오하지 않고

너와 나 어디로 향하는지 알면서……

모르겠어, 군인아

왜 넌 내가 널 증오한다고 생각하는지!

XVIII

세사르 바예호
『트릴세』에서

오, 네 개의 감옥 벽.

희고도 흰

똑같은 숫자를 어쩔 수 없이 부여받은.

네 개의 모퉁이 사이로 신경이 곤두서고

어떻게 매일 팔다리가 뽑혀 나가는지.

수많은 열쇠를 쥐고 있는 사랑 많은 주인인 당신,

만약 당신이 여기 있다면, 만약 당신이

이 네 개의 벽의 시간까지 보게 된다면

그 벽들과 대항해 우리 둘,

단지 우리 둘만이

함께할 겁니다. 울지 않을 겁니다.

말해보세요 당신, 해방의 어머니여.

아, 감옥의 벽들.

그로 인해 내 가슴이 이리도 아픕니다.

그중, 돌아가신 어머니들의 밤에 이 길고긴 두 벽은

냄새나는 비탈길로 어린 한 남자애의 손을 양쪽에서

붙들고 갑니다.

나만 남았습니다.

두 손을 높이 올리곤 인간을 장애인으로 만든

그 부족한 세번째 팔을 찾아 허우적거립니다.

시간과 공간 사이에서

눈알을 굴려야만 합니다.

마추픽추 산정

파블로 네루다

『모두를 위한 노래』에서

VIII

나와 함께 오르자, 아메리카의 사랑이여.

함께 비밀스러운 바위들에 입을 맞추자.
우루밤바 강의 쏟아지는 은銀이
그의 노란 잔 위로 꽃가루를 날리게 한다.

메꽃 덩굴의 허공,
석화된 식물, 딱딱한 천일홍은
산맥 구석의 정적 위로 날아오른다.
오라, 작고도 작은 삶이여,
노획된 에메랄드를 나누는 사이
대지의 날개 사이로 차가운 수정의 공기를 쳐올리며
오, 야만의 강우降雨여, 원시의 강설降雪이여.

사랑, 사랑이여,

낭랑한 안데스의 규석硅石에서부터 갑작스레 밤이
찾아올 때까지

눈보라의 눈먼 아들은

붉은 무릎의 극광을 응시하노니

오, 낭랑한 실(絲)들의 잉카 신 윌카마유여,

상처 입은 눈(雪) 같은 흰 거품 위로

네 수직의 천둥이 터뜨려질 때,

네 사납고 거친 폭풍이 잠든 하늘을 깨우면서

노래하고 또 훈계할 때,

넌 어떤 언어로 네 안데스의 거품을 걷어낸

그들 귓바퀴에 다가오느냐?

뉘 이 차가운 번개를 잡아다
이 산정에 묶어두었느냐,
빙하의 눈물로 갈라서,
그 빠른 칼날로 베어서,
백전백승의 노련한 실들을 튕기며,
바위 끝, 저 너머 전사의 침실까지?

네 빼앗긴 섬광들은 뭐라 하느냐?
예전엔 네 반항적인 비밀의 빛,
가득 찬 언어로 비행했느냐?
뉘 네 가녀린 동맥의 물줄기,
얼어붙은 음절들을, 검은 언어들을,
금으로 된 휘장들을, 깊숙한 입들을,
굴복된 외침들을 깨부수며 가느냐?

뉘 땅에서 얼굴을 내미는 꽃들의 눈꺼풀을 자르느냐
뉘 부서진 밤을 또 부수기 위해 이 고생대 석탄층에서
네 폭포의 손이 내려버린 그 꽃송이들의 죽음을 재
촉하느냐?

뉘 그 넝쿨들을 걷어내느냐
뉘 이별들을 또 한 번 땅 속에다 매장하느냐

사랑, 사랑이여, 경계를 건드리지 말아라,
가라앉은 머리를 숭배하지도 말아라:
시간의 키가 그의 썩은 우물에서 쑤욱 자랄 때까지
내버려두어라,
절벽들과 빠른 물살 사이에서 취取하라,
협곡의 공기를,
얇은 철판 두께로 불어대는 평행의 바람을,

산맥들의 보이지 않는 운하를,

거친 이슬들의 인사를,

그리고 올라라 한 송이 한 송이,

우거진 숲을 통해 추락해버린 뱀을 밟으며.

돌과 숲,

초록별의 가루, 명징한 정글에서

만투르 계곡은 살아 있는 호수처럼

정적의 새로운 경지로 폭발하는 것이다.

내 존재, 내 새벽으로 다가오라,

죽은 왕국은 여전히 살아 있으니

왕관을 쓴 고독들까지

시계 속에선 콘도르의 핏빛 그림자가

검은 함선인 양 가로지른다.

IX

천체의 독수리, 안개의 포도밭.

잃어버린 축성, 눈먼 신월도新月刀.

터져버린 혁대, 엄숙한 빵.

폭풍의 계단, 장엄한 눈꺼풀.

삼각의 도포, 돌로 된 화분花粉.

화강암 등불, 돌로 된 빵.

사행蛇行 광맥, 돌로 된 장미.

땅에 묻힌 비행선, 돌로 된 샘.

달의 말(馬), 돌로 된 빛.

주야 평분선, 돌의 수증기.

마지막 기하학, 돌로 된 책.

바람의 고랑, 울음 우는 북.

시간의 녹석綠石, 부드러운 성곽.

전운의 지붕, 거울의 가지.

폭풍의 기지基地, 메꽃 왕좌.

굶주린 발톱의 왕조, 지탱하는 폭풍.

움직이지 않는 터키석 폭포, 잠들어 있는 족장의 종鐘.

짓밟힌 눈(雪)의 반지, 철상鐵像의 쇳물.

다가갈 수 없는 닫혀버린 시절.

퓨마의 손, 피 흘리는 바위.

그늘진 탑, 눈(雪)의 이채異彩.

마디마디 뿌리째 고조된 밤.

안개 낀 창, 튼실한 비둘기.

밤의 나무, 천둥의 조각상.

원초적 산맥, 바다의 지붕.

길 잃은 독수리의 건축술.

손가락들, 뿌리의 밤.

고공의 벌(蜂), 천상의 밧줄.

피의 수평선, 축성된 별.

광물의 거품, 수정의 달.

안데스의 뱀, 색비름의 이마.

정적의 원형 지붕, 순결한 조국.

바다의 애인, 대성당의 나무.

소금의 나뭇가지, 검은 날개의 앵두.

눈(雪)의 잇몸, 차가운 천둥.

할퀴어진 달, 위협하는 돌.

얼음빛 머리카락, 공기의 선행旋行.

손바닥의 화산, 암행의 폭포.

은빛 파도, 시간의 향방.

기타

니콜라스 기엔
『온전한 노래』에서

굳은 자세로,

기타는 기다린다:

인내심 잃은

나무의 깊고 심오한 목소리를.

그 애절한 허리,

민중의 숨이 잠겨 있는

노래를 잉태한 채

딱딱한 살점을 잡아당긴다.

달빛이

다해가는 동안

기타는

홀로 뜨거워지고.

주정뱅이들은
밤이면 어두운 카바레에서
추위에 떨다
죽어나가고.

섬세하고 우주적인
쿠바의 머리를 추켜올린다
아편도, 마리화나도,
코카인도 없이.

낡은 기타야 오렴!
다시 한 번 고행으로
친구가 기다리는
그곳으로!

높이,
웃음과 눈물을,
석면의 손톱을
생에다 가져오렴.

기타리스트,
입술의 알코올을 훔치고
네 온전한 노래를 들려주렴.

성숙한 사랑의 노래를,
네 온전한 노래를;
열린 미래의 온전한 노래를,
네 온전한 노래를;
담장 위를 걷는 발의 노래를,
네 온전한 노래를……

기타를 들고

입에 묻은 술 찌꺼기를 털고선

네 온전한 노래를 연주해주렴.

땀과 채찍

니콜라스 기엔
『온전한 노래』에서

채찍,

땀과 채찍.

태양은 일찍

맨발의 검둥이를 깨우고,

발가벗은 그를

또 농장에서 만났다.

채찍,

땀과 채찍.

바람은 소리치며 지나갔다:

— 손마다 검은 꽃이네!

피가 그에게 말했다: 자, 가자!

그가 피에게 말했다: 자, 가자!

맨발에 피투성이가 되어 떠났다.
사탕수수밭은 떨면서
길을 내주었다.

하늘은 숨죽이고,
하늘 아래 그 노예는
주인에 의해 피에 물든 그 노예는.

채찍,
땀과 채찍,
피에 물든;
채찍, 땀과 채찍,
주인에 의해 피에 물든,
주인에 의해 피에 물든.

XXIII

세사르 바예호
『트릴세』에서

어린 시절 달걀노른자로 비스킷을 만들어주시던 어
머닌
뜨거운 빵을 굽는 가게.

오, 어머니, 흐느끼던
당신의 네 자식들, 당신의 거지들,
어린 누이 둘, 죽은 형 미겔
그리고 알파벳을 겨우 깨쳤던 나.

당신은 저 위 거실에서 우릴 위해
아침저녁으로 두 번씩 시간으로 만든 성찬을
마련해주셨죠. 그리하여 지금,
24시 정각에 멈춘 시계들의 껍질이
우리에게 넘쳐납니다.

어머니, 그리고 지금! 그 과자는 어느 잇몸에,
어느 머리카락에 남아 있을까요.
과자 부스러기에 오늘 제 목이 막혀옵니다.
오늘 당신의 뼈조차 가루가 되어
어떻게 반죽을 해야 할지 모르겠습니다.
익지 않은 그림자에도
큰 어금니에도
당신의 부드럽고 달콤한 사랑이 물려 있어요.
오물대며 젖을 빠는 아기의 잇몸,
당신은 참으로 많이도 보셨지요!

땅은 당신의 침묵 속에서 들을 겁니다.
당신이 우릴 두고 떠난 이 지상의 임대료를
그들이 어떻게 징수하는지.
그리고 끝 모를 저 빵값을 또

어떻게 거두어가는지.

잘 아시겠지만 시련 속으로 던져졌던 그 시절 우리는

세상 물정을 모르던 어린애들이었습니다.

말해보세요, 어머니. 그렇죠?

코르테스

파블로 네루다
『모두를 위한 노래』에서

코르테스는 민중을 갖고 있지 않다
갑옷 속 죽은 가슴, 그건 차가운 빛이다.
"기름진 땅, 나의 주인과 왕,
금으로 만들어진 사원은
모두 인디오의 손에 의해 만들어진 것이다."

칼을 숨기며,
낮은 땅을 밟으며,
향이 넘치는 산맥 너머
난초들과 소나무 숲 사이에
그의 군대를 주둔시키곤 부순다
재스민 꽃과 틀락스칼라의 문들을

(겁에 질린 형제여,
이끼로부터,

우리 왕국의 뿌리로부터 네게 말하노니
장밋빛 까마귀를 친구로 생각지 마라
내일은 혈우血雨가 내릴 것이다,
눈물은 안개와, 수증기, 강물을 만들고
또 네 눈들을
녹여버릴 때까지 흘러내릴 것이다).

코르테스는 왕국의 음악가들로부터
비둘기 한 마리와 꿩 한 마리, 하프 하나를 받지만
실은 다른 모든 것을
그 게걸스런 상자에 담을 수 있는
금으로 만들어진 궁궐을 원하지
발코니에서 왕은 고개를 내밀고 말하지
"그는 나의 형제야."
하지만 민중은 대답 대신 돌을 날리지

그러면 코르테스는

배신의 키스 위에 칼을 뾰족이 갈지.

그는 다시 틀락스칼라로 돌아오고

바람은 귀먹은 고통의 소문을 막 몰고 오지.

노래 6

니콜라스 기옌
『온전한 노래』에서

난, 요루바야, 난 요루바에서 울어

루쿠미.

내가 쿠바의 요루바인 까닭에,

쿠바가 내 울음을 요루바로 들어,

나로부터 나오는

슬픔이 기쁨이 되었으면.

난 요루바야,

노래 부르며 가지,

울면서 있지,

내가 요루바가 아닐 땐,

콩고, 만딩고, 카라발리지.

친구들이여, 내 노래는 이렇게 시작한다네:

희망의 예언

내 것은 네 것이지

네 것은 내 것이지

모든 피가 강 하나를 이루지

우쭐거릴 만한 덩치로 판야 나무인 판야 나무,

듬직한 아들로 아버지인 아버지,

딱딱한 등껍질로 더 거북인 바다거북,

뜨거운 음악을 부숴버리자구!

가슴과 가슴을 맞대고

잔과 잔을 맞대고

춤을 추자구, 맹물과 독주를 맞대고, 춤을 추자구!

난 요루바야, 난 루쿠미지

만딩고, 콩고, 카라발리지

자, 친구들 내 노래는 이렇다네:

우린 아주 멀리서부터 함께 있다네,

젊은이, 늙은이,

흑인, 백인 모두 함께 있다네;

시키는 사람, 하는 사람 모두 있다네;

산 베레니토와 명령을 받드는 사람

모두 있다네;

아주 멀리서부터 백인과 흑인 모두 섞여 있다네

산타 마리아와 부름을 받는 사람 모두 섞여 있다네

산타 마리아, 산 베레니토 모두 섞여 있다네

산 베레니토, 산타 마리아

산타 마리아, 산 베레니토

모두 잡종이라네!

난 요루바며, 루쿠미지,

만딩고, 콩고, 카라발리지.

친구들이여, 내 노래는 이렇게 끝이 난다네:

물라토 나오시오,

구두를 풀어주시오,

흰둥이들에게 말하시오, 가지 말라고……

여기서 헤어질 이 아무도 없소

보시오, 멈추지 말고

들으시오, 멈추지 말고

들이켜시오, 멈추지 말고

드시오, 멈추지 말고

살아가시오, 멈추지 말고

모두의 노래는, 결코 멈추지 않을 테니!

비가

니콜라스 기엔
『온전한 노래』에서

바닷길을 통해
해적이 왔어,
나쁜 영혼의 전령사,
한쪽을 바라보는 얼굴로
몽둥이 같은
단조로운 다리로 바닷길을 통해.

배워야지
구름들이 잊지 못하는 것들.

바닷길로
재스민,
황소,
밀가루,
쇠를 들고

금을 만들기 위해

바닷길 유형流刑 중 울기 위해.

구름들이 여전히 기억할 수 있는 것들을

너희들은 어떻게 잊으려 드느냐?

바닷길에서

양피지 법전,

오측誤測의 잣대,

형벌의 채찍,

부왕의 매독,

깨지 못하고 잠드는

죽음,

바닷길에서

구름들이 잊지 못하는 것들을 기억함은

또 얼마나 힘드는 일인가,

그 바닷길에서!

추억의 바다

니콜라스 기옌

『온전한 노래』에서

언제였어?

모르겠어.

추억의 바다를 항해할 거야.

금빛 물라타가 지나갔지,

난 그녀가 지나가는 걸 바라보았어:

목에 비단 리본을 하고,

크리스털이 달린 외투를 걸치고,

멋진 어깨의 소녀가,

최신 구두를 신고 가는 걸.

사탕수수,

(난 그녀에게 흥분하며 말했지),

사탕수수,

심연 위에서 떨면서,

누가 널 밀까?

누가 네 머릴 자를까?

어느 제당 공장이 압착기로 널 분쇄할까?

시간은 흘렀어,

끝없이,

난 여기저기서

여기저기서……

난 여기저기서

여기저기서……

모르겠어, 아무것도 모르겠어,

아니 앞으로도 모를 것 같아, 아무것도

신문들은 아무 말 없었거든.

아무것도 조사해볼 수 없었지

그 금빛 물라타에 관해

지나가는 걸 한 번 본 적 있는
목에 비단 리본을 하고
크리스털이 달린 외투를 걸치고
멋진 어깨의 소녀가
최신 구두를 신고 가는 걸.

아카나 나무

니콜라스 기옌
『온전한 노래』에서

빛이 끝나는 그 산, 저 안쪽에,

그 산 저 안쪽에,

아카나 나무.

아이, 아카나, 아카나,

아카나:

아이, 아카나, 아카나.

내 집의 기둥.

그 산, 저 안쪽에,

아카나,

내 가는 길의 지팡이,

저기 저 산속……

아이, 아카나, 아카나

아카나;

아이, 아카나, 아카나.

빛이 끝나는 그 산, 저 안쪽에,

그 산 저 안쪽에,

내 석관의 뚜껑이,

저 산, 안쪽에……

아이, 아카나, 아카나,

아카나;

아이, 아카나, 아카나……

아카나와 함께.

긴 녹색 도마뱀

니콜라스 기엔
『민중의 날개를 단 비둘기』에서

앤틸리스 바다

(카리브라고도 부르는),

딱딱한 파도에 부딪혀

부드러운 거품으로 치장되는

추적하는 태양 아래

거절하는 바람,

지도에서 생눈물로 노래하며

쿠바는 지도를 항해한다

긴 녹색 도마뱀, 돌과 물로 된 눈을 지닌.

뾰족한 사탕수수들은 높은 설탕의 왕관을 만들고

자유로운 왕국이 아닌 노예의 왕국,

밖으론 망토를 걸친 여왕으로 보이지만

안으론 굽신굽신 신하인, 슬프고도 슬픈

쿠바가 지도를 항해한다

긴 녹색 도마뱀, 돌과 물로 된 눈을 지닌.

연안에,
망을 보고 있는 파수꾼인 그대여
잘 보시오
창끝을, 파도의 우레를, 화염의 비명을
지도에서부터 자신의 생발톱을 뽑고 있는
깨어 있는 도마뱀을
긴 녹색의, 돌과 물로 된 눈을 지닌.

리우데자네이로의 노래

니콜라스 기엔
『민중의 날개를 단 비둘기』에서

다들 당신께 말했나요?

빵과 꼽추의 강에 대해,

잔혹한 여름에 대해,

　　　　당신께 말했나요?

불 커진 나이트클럽,

불 꺼진 살롱,

생명의 초록에 대해,

　　　　당신께 말했나요?

바위 굴의 카니발,

넓디넓은 밭,

가없이 붉은 땅덩어리에 관해,

　　　　당신께 말했나요?

바다와 평원,
단 한 조각의 구름조차 없는
세공된 하늘에 관해,

　　　　당신께 말했나요?

난 당신께 다른 강에 관해 말하죠:
리우데자네이루,
지붕은 없고 추위는 있고
굶주림은 있고 크루제이로*는 없는.

손수건 없는 눈물,
방패 없는 가슴,
함정과 낙하,

---

* 브라질의 화폐 단위.

밧줄과 매듭, 매듭 매듭의.

재즈는 저녁의
두터운 공기를 몰아가고;
난 카페에서 생각합니다
(그리고 난 생각날 땐 웁니다).

난 파벨라에서 더 많이 생각합니다.
잠겨 있는 그쪽 삶은
밤을 지새는 눈입니다.
난 동틀 무렵까지 생각합니다.

다들 당신께 말했나요?
그늘진 가슴에 칼을 꽂는
그 강에 대해,

당신께 말했나요?

세사르 바예호
『트릴세』에서

오늘 밤 비가 온다면

난 여기로부터 천 년을 물러나겠네.

아니 단 백 년.

마치 아무 일 없었던 것처럼,

아직도 내가 오고 있는 것처럼.

혹은 어머니도 애인도 없이, 몸을 바짝 구부려 순수하게 맥박만으로.

숨어서 기다리다, 이 밤 그렇게 빗으로 베다의 섬유를 빗을 것이네.

내 최후의 목표인 베다의 양털,

그 악마의 실을 한 개의 종 안에 든 두 개의 추 소리, 그 엇박자에 맞춰

코로써 방적할 것이네.

내 생의 영수증을 써주오
아님, 미처 태어나지 못한 것으로 계산해주오
날 해방시키지 못할 거라면.

비는 여태 안 온 게 아니라,
이미 왔으며 떠났을 것이라네.
왔다가 이미 떠났을 것이라네.

애가

파블로 네루다
『모두를 위한 노래』에서

홀로, 외로움 속에서

강처럼 울고 싶어라

어두워지고 싶어라, 잠들고 싶어라

네 오래된 광맥의 밤처럼.

도적의 손에 왜 빛나는 열쇠가 쥐여지는가

일어나라, 오엘로, 이 밤 긴 권태에 네 비밀을 쉬게

하라

내 혈관에 네 충고를 넣어주렴

유판키의 태양을 네게 요구하진 않아

잠자며 널 부른다, 땅과 땅 사이에서

페루의 어머니, 산맥의 자궁인 널.

네 모래밭에 칼의 홍수가 웬 말이냐

땅 밑 운하에서 금속들이

네 꿈쩍도 않는 손바닥에서
뻗어나감을 느낀다.

난 네 뿌리로 만들어졌지만
이해 못하겠어, 나에게 땅은 그의 지혜를
건네지 않고 있어
별이 가득한 땅, 밤, 또 밤만이 보일 뿐.
의미 없는 뱀의 꿈이 질질 붉은 선까지 끌고 왔을까
질시의 눈, 어두운 나무.
넌 어떻게 이 식초 냄새 나는 바람까지 몰고 왔니
어떻게 분노의 바위 사이
눈부신 점토의 수도首都를 세우지 않니

천막 아래 병들어 가라앉게 내버려두라
죽은 나무뿌리는 더이상 광채를 발할 수 없으니.

단단하고 단단한 밤 아래
금의 입까지,
땅끝으로 내려가리라.

난 돌의 밤에 내 몸을 뻗고 싶어라.

난 불행과 함께 그곳에 당도하고 싶어라.

리틀 록

니콜라스 기옌
『민중의 날개를 단 비둘기』에서

정교한 아침, 블루스 한 곡이 리듬의 눈물로 내린다.

남쪽 흰둥이는

채찍을 투욱, 털곤 후려치는 시늉을 한다.

군인들의 총 사이로 흑인 학생들이 공포의 학교로

간다.

강당에 도착할 때, 짐 크로는 그들의 선생이 될 것

이다

윌리엄 린치의 아들들은 그들의 급우들이 될 것이며

흑인 학생들의 책상 위에는 피의 잉크가, 불의 연필

이 놓일 것이다

여기는 남부,

그의 채찍은 쉴 새 없다

남부의 포버스*의 세상은 그러하다

저쪽 부패된 딱딱한 하늘 아래선

흑인 아이들은 가까운 백인 아이들 학교를 다니지

못한다.

얌전히 집에 머물든지

죽도록 맞든지(알 수 없는 일이지만)

길거리에서 모험을 하고

총 맞아 죽어 침 뱉기를 당하지 않으려면

지나가는 흰둥이 여자애에게 휘파람을 불지 말든지.

눈을 아래로 깔고 예스,

몸을 반으로 접고 예스,

무릎을 꿇고 예스,

그 자유의 세상에서 예스,

---

* 오벌 포버스(1910~1994). 1955년부터 1967년까지 미국 아칸소 주
주지사를 지냈다.

바보 포스터가 공항에서 말한 것처럼 예스,
조그마한 흰 골프공이,
대통령이 친 아주 작은 행성 같은 골프공이 굴러
푸르디푸른 그 잔디밭 위로 미끌 구를 때처럼
예스! 라고 하든지.

자 신사숙녀, 남녀노소, 대머리, 터벅머리,
인디오, 물라토, 니그로, 삼보, 모두들 생각해보시라
세상 모두 남부가 됨을
피와 채찍 천지의 세상, 백인들을 위한 백인들만의
학교,
록Rock과 리틀Little, 양키들만의 세상, 포버스의 세
상……
　잠시라도 좋으니
　　　한번 생각해보시라.

성姓-가족적 비가

니콜라스 기옌
『비가들』에서

I

학교로부터

아니 그전…… 먼동이 틀 무렵,

꿈속에서 울음 속에서

조그마한 줄기였을 때,

그때부터 다들 내 이름을 불렀죠

별들과 얘기할 수 있도록, 성인聖人의 이름으로 말이

에요

　'네 이름은 말이야, 음…… 넌 이렇게 불릴 거야……'

그후 다들 내 명함에서 보는 것처럼

내 시 앞에 붙는 것처럼

열세 자를 내게 건네주었죠

열세 글자, 등에 지고 거리를 걷고

어딜 가든 함께하는.

근데 그게 내 이름인가요, 맞아요? 다들 확신해요?

음…… 모두 내 암호를 알고 있나요?

내 피는 항해가 가능하고

내 지형은 어두운 산들로 에워싸인

아주 깊숙한 계곡이란 걸

지도엔 결코 나오지 않을

쓸쓸한 오지란 걸.

진심으로 내 심연을 방문하셨다구요?

습한 거석으로 된 내 지하 갤러리를?

검은 웅덩이에 불쑥 솟아오른 섬들,

아주 오랜 폭포가 높은 내 심장으로부터

낭랑, 신선하게 떨어지고

불타듯 붉은 숲 사이를 곡예하는 원숭이들,

법을 만드는 앵무새들,

득실득실 우글대는 뱀들이 사는 그곳을요?

내 모든 가죽이(그렇게밖엔 말 못하겠어요)

내 모든 가죽이 저 스페인 대리석상으로부터 온 건
가요?

내 목구멍이 내는 딱딱한 외침, 유령의 목소리도 그
런가요?

내 뼈 역시 모두 그곳에서 왔나요?

내 뿌리들, 내 뿌리의 뿌리들 심지어 꿈에 흔들리는
시커먼 가지들,

내 이마에 핀 이 꽃들, 내 껍질을 씁쓰레하게 만드
는 이 수액도,

그런가요?

다들 확신하나요?

그게 내 이름이란 걸, 노여움에 찬 얼굴로 콱 사인
해버리는……

(진작 물어보는 건데!)

좋아요, 이제 내가 여러분에게 묻겠어요

내 눈 속에 작은 북들이 보이죠?

마른 눈물로 두들겨 맞는 팽팽한 이 북들 말이에요

혹시 채찍으로 새겨진 크고 검은 자국(피부보다 검은 자국)을 가진 밤의 할아버지를 내가 갖고 있진 않나요?

만딩고 할아버지, 콩고 할아버지, 다오메야노 할아버지.

이름이 뭐죠? 말해주세요

안드레스? 프란시스코? 아마블레?

콩고어로 안드레스를 뭐라 부르죠?

다오메야노어로 프란시스코를 어떻게 불러요?

만딩고어로 아마블레는요?

혹, 아닌 것 아니에요?

혹시 다른 이름이……?

아, 그렇다면 혹시 성이……?

그래요, 성이 달라요

내 다른 성을 아시나요?

저 거대한 대륙으로부터 잡혀온 피범벅된 성,

쇠사슬로 바다를 건너던……

아, 기억들을 못하시는군요

기억 못할 잉크 속에 그 사실을 풀어버렸군요

그대들은 저항도 못하는 불쌍한 검둥이를 훔쳤더라구요

내가 부끄러워 눈을 내리깔 거라 생각하곤

그를 숨겼잖아요

고마워요!

그 점 고맙게 생각하고 있어요

땡큐, 친절한 사람들.

메르시 비엥!

메르시 보쿠!

하지만, 아니…… 어떻게 그걸 믿어요

아니에요. 난 깨끗해요

내 목소리는 최근에 광을 낸 금속처럼 번쩍여요

내 문양을 보세요. 바오바브나무가 들어 있어요

코뿔소와 창도 있어요

나 역시 어느 노예의 손자, 증손자, 고손자예요

(내 주인님을 한번 맞혀보시죠)

내가 엘로페일까요?

니콜라스 엘로페?

아님, 니콜라스 바콩고?

아님, 기엔 방길라?

아님, 쿰바?

기엔 쿰바?

아님, 콩게?

기옌 콩게?

오, 누가 알까

이 바닷속 수수께끼를!

II

심오한 짐승들을 끌어당기는

거대한 밤을 난 느껴요

고통받는 죄 없는 영혼들

전투에서 흘린 피를 표창하기 위해

가장 딱딱한 행성을 당기는

거대한 밤을 난 느껴요

적도의 위대한 화살에 뚫린 어느 뜨거운 나라로부터

난 먼 사촌들이 다가옴을 알아요

바람에 쏘아올린 나의 멀고 먼 고뇌;

놀란 풀들을 밟는 딱딱한 발로

내 혈관의 일부가 다가옴을 알아요, 먼 내 혈육,

푸른 생명의 사람들이 다가옴을 알아요, 내 먼 정글
로부터

십자가에 열린 고통과 함께, 불타는 가슴으로

우린 모르는 사이지만 굶주림, 결핵, 매독, 암시장
에 내다판 땀,

여전히 피부에 박혀 있는 쇠사슬 조각들, 이것들로
서로를 알 수 있죠

우린 모르는 사이지만 잠이 오는 눈동자로

서로를 눈치챌 거예요

잉크와 종이로 된 사수류四手類,

네 손 짐승이 뱉는 돌멩이 같은 모욕을 통해

서로를 알아볼 거예요

무엇이 중요할까요?

(아, 글쎄 지금 무엇이 중요하단 말인가요!)

열세 글자로 된 내 작은 이름?

공증사무실 잉크에 숨이 잠겨버린 슬픈 내 할아버지의

만딩고어, 반투어, 요루바어, 다오메야노어로 된 이름?

친구들이여, 무엇이 중요한가요?

오, 친구들이여 이리 와 내 이름을 보시구려!

끝없을 철자로 된 내 끝 모를 이름을

멀고 자유로운 내 이름, 공기처럼 자유롭고 머언……

에멧 틸을 위한 비가

니콜라스 기옌
『비가들』에서

미국,
바람의 장미는
핏빛 붉음을 띤 꽃잎을 달고 있다.

오, 검둥이의 오랜 친구
미시시피는 흐른다!
물에다 혈관을 열어놓은
미시시피.
넓은 가슴, 한숨지으며
야만의 기타로,
딱딱한 눈물로
아, 미시시피는 흐른다.

미시시피는 흐른다
보아라, 강이 흐를 때

익은 비명들이 매달려 있는

침묵의 나무들을

보아라, 강이 흐를 때

위협적인 불의 십자가들을

미시시피는 흐른다

보아라, 강이 흐를 때

파랗게 겁에 질린 얼굴들을

미시시피는 흐른다

그 식인의 밤, 갈라진 검둥이의 배에다 연기를 채
우곤

영혼을 훈제하려 드는 모닥불 주위의 백인들의 춤을

축축한 창자, 학대받는 성性, 저기 알코올이 넘치는
남부에

치욕과 채찍이 난무하는 남부에

흐른다, 미시시피는 흐른다.

그래, 미시시피,

넌 검둥이들의 오랜 친구!

앙상한 어린이,

네 강변에 작은 꽃,

네 나무들엔 여태 뿌리들이 없고

네 숲엔 둥치가 없구나

네 땅엔 돌이 없고 네 물엔 악어들이 없구나

방금 죽은 아이, 살해된 검둥이 아이만 있을 뿐.

팽이를,

동네 친구들을,

주말 외출복에 극장표를,

책상과 흑판을, 잉크병을, 야구장갑을,

복싱 프로그램을, 링컨의 초상화를,

무엇보다 미국 깃발을 지니고 있는 검둥이 아이.

홀로 살해된 아이,

한 백인 소녀에게 던져진 사랑의 장미.

오, 오래된 미시시피여!

오, 왕이여, 깊은 망토를 걸친 강이여!

네 거품의 행진, 바다로 향하는 네 푸른 행차를 멈

춰라

보아라, 가벼운 몸을

날개를 가졌던 시절, 그 상처가

그 자국이 채 아물지 않은 이 소년 천사를

돌에 맞아, 납덩이에 맞아, 욕지거리와 몽둥이에 맞아

옆모습이 없어진 이 얼굴을 보아라

굳어버린 핏덩어리, 갈라진 가슴팍

오라, 지하의 도깨비불로 밝은 이 밤,

재앙의 달 밝은 밤,

검둥이들의 느릿한 밤.

말해보아라, 미시시피

눈먼 물로써, 무관심한 드센 팔뚝으로써

너 바라본다면

이 장례를, 이 범죄를, 이 복수 없을 작디작은 죽음을,

거대하고 순수한 이 시체를……

네 주먹을, 새들을, 꿈들을, 무기들을 싣고

이 휘황한 밤을 저어 오려무나

오, 검둥이들의 옛 친구 미시시피여!

이 휘황한 밤을 저어 오려무나

이 휘황한 밤을 저어 오려무나

말해보아라, 말 좀 해보아라……

음유시인

니콜라스 기옌
『내가 가진 것』에서

알갱이가 빽빽한 옥수수,

피델 카스트로와 그의 부하들이

그란마에서 내릴 때,

격정의 바다는

그들이 난폭한 걸음으로 출발하는 걸 본다

턱수염 없는 근엄한 얼굴,

이마엔 나비들을,

구두엔 수렁, 늪을,

죽음, 군인처럼 노란 유니폼에 미제 총을 한

죽음은 그들을 감시하고 있었다

몇몇은 상처를 입고 쓰러졌으며

몇몇은 목숨을 잃었다

손가락 수보다 조금 더 많은 수가

희망과 피로로 다시 영광을 향해 출발했다

깨어난 길에선 주먹을 움켜쥐고

양귀비를 따 노래를 불렀다

칼날은 빛났으며 총은 번쩍거렸다

마침내 산속으로 먼저 들어간

피델 카스트로는 병영에서 이렇게 말했다

"이 산맥에서 내려간다,

평원은 총들의 바다가 될 것이다."

화로 속의 돌

니콜라스 기옌
『사랑의 노래』에서

버려진 오후가 빗속에서 부서지며 신음한다
하늘로부터 기억들은 떨어지고
딱딱한 호흡, 석회가 돼버린 망상은 창문을 통해 들
어온다.

천천히 네 몸이 내려온다
네 손들은 사탕수수의 뿌리에 닿는다
춤에 의해 타버린 설탕으로 된 네 발,
네 근육, 경련하는 집게손가락, 네 입, 네 허리,
금으로 된 네 팔, 피가 흐르는 네 눈
갑자기 네 반역의 눈이 들어온다.
낮잠을 자는 늘어진 네 피부
갑작스런 정글 냄새
네 목구멍은 소리친다—몰라, 그냥 상상할 뿐—
신음하며—몰라, 그냥 생각일 뿐—

불평하며 — 몰라, 그렇게 생각하고 믿을 뿐
깊숙한 네 목구멍은 금지된 낱말들을 비튼다.

네 머리칼 밑의 약속의 강은 네 가슴에서 지체하다,
네 배 속에서 당밀의 늪을 만들고
밤의 비밀로 굳건해진 네 살점에 범람한다.

화로 속 벌겋게 타오르는 숯과 돌,
비와 정적 속 이 차가운 오후에.

아콩카과

니콜라스 기엔
『대동물원』에서

아콩카과, 장엄하고 싸늘한 짐승.

흰 머리와 흔들리지 않는 돌의 눈.

의지할 곳 없는 자갈밭 사이를

어슬렁어슬렁,

다른 동물들과 돌아다니는.

밤엔

달의 차가운 손들을

부드러운 입술로 잘라버리는.

XLV

세사르 바예호
『트릴세』에서

물이 다가올 땐 난,
바다와 인연을 끊는다.

항상 외출하자.
놀라운 노래를 맛보자,
욕망의 천한 입술이 만들어내는 노래를.
오, 경이로운 처녀성.
소금기 없는 바람이 지나간다.

멀리 뼛속 냄새를 맡는다
깊숙이 눈대중으로,
썰물 파도의 자판을 잡으며.

그래, 이렇게 우린 어리석은 곳에
코를 들이대지

하지만 우린 무소유의 가치를 알게 될 거야
비록 아직 생기진 않았지만
더이상 날개가 아닌,
아니 할 수 없이 날개인
낮의 날개의 외로운 자매,
밤의 날개를 품게 될 거야.

LVIII

세사르 바예호
『트릴세』에서

감방에서도, 그 견고함 속에서도 구석들은 웅크린다.

난 발가벗은 것들, 함부로 벗어던진 꾸겨진 넝마 옷
들을 정리한다.

난 헐떡이는 말에 올라탄다. 달리는 말에 채찍을 가
한다
머리 셋에 거품처럼 부글거리는 다리
난 말을 도와준다: 자, 가자 동물아!

항상 난 몫보다 적게 챙긴다, 감방에서도, 강에서도.

감방 동료는 생밀을 먹었다, 내 숟가락으로
난 어릴 땐 밥을 아주 천천히 먹었으며
잠도 자기 싫어했건만 억지로 자야 했다

난 다른 이에게 속닥거린다:

돌아와, 그리고 다른 모퉁이로 빠져나가:

빨리⋯⋯ 빨리⋯⋯ 급하단 말야!

낡고 엉성한 침대에 있는 자비심 많은 이.

믿지 마, 저 의사는 정신이 멀쩡한 사람이었어

나 이제는 어머니 기도할 때, 더이상 웃지 않을래.

어린 시절, 일요일 새벽 4시

행인들을 위해, 죄수들을 위해

병자들, 빈자들을 위해 기도할 때.

유치원에서 더이상 아무에게도 주먹질하지 않을래

그 애들은 나중에 피를 흘리며 울 테니

"이번 주 토요일 내 밥을 너에게 줄 테니

제발 오늘만은 때리지 말아줘!"

이제 난 더이상 '알았어'라고 말하지 않을래.

감방에서, 둥글게 몸을 말아야 할 정도로 한정된
가스 안에서,

누가 밖으로 튀어나가려나?

LXI

세사르 바예호
『트릴세』에서

이 밤, 난 말에서 내린다.
닭의 울음소리와 함께 이별했던
우리 집 대문 앞에서……
집은 잠겨 있고 아무도 답하지 않는다.

어릴 적 발가벗고 탄 소.
큰형이 안장 실을 때
어머니가 불 밝혀주며
조용히 앉았던 발코니.
햇볕에 바래버린 마음,
아픔이 서려 있는 그곳
근데 대문에 붙은 이 悲痛의 표시는?

신은 머나먼 평화 속에 계시고
어리석은 말은 신을 부르는 듯 재채기를 하고

히힝, 콧김을 내뿜고
뭣이 의문스러운지 귀를, 생기 있는 귀를
쫑긋거리고.

아버진 기도 드리며 밤을 지새우겠지.
내가 늦는다고 생각하실지 몰라.
누이들은 다가올 축제 준비에 부산해하며
들뜬 기분으로 흥겨워하겠지.
이젠 모자란 게 없어.
기다리고 기다린다.
한순간 막히는,
계란 같은 마음.

우린 대식구였지
오늘, 그 누구도 우리 모두가 돌아오길 기원하며

촛불을 밝히지 않네.

다시 불러보지만, 아무도 없다
조용하다. 마침내 우린 흐느낀다.
말은 더욱 히힝, 울부짖는다.

다들 영원히 잠들었다,
아주 깊이.
머릴 흔들다 지친 내 말,
꿈속에서
괜찮아, 괜찮아 인사한다.

에르시야

파블로 네루다
『모두를 위한 노래』에서

아라우코 지방의 돌, 하천의 풀어진 장미들,
스페인으로부터 도착한 한 남자를 만난다
그의 갑옷은 거대한 이끼들에 의해 공격당한다
그의 칼은 고사리들의 그림자와 충돌한다
원시의 덩굴나무는 파란 손들을
행성에 막 도착한 정적 위에 올려놓는다
낭랑한 에르시야,
네 첫번째 새벽 물의 맥박을,
새들의 열광, 무성한 잎에 떨어지는 천둥.
남겨, 네 흔적을,
금빛 독수리의 자취를,
야생 옥수수에 네 뺨을 토막내버려,
땅 위의 모든 것은 잡아먹힐 거야
단지 너만이 피의 잔을 들이켜지 않을 거야
너로부터 탄생한 빠른 광채에

지나간 과거는 헛되고 말 거야

헛되이, 헛되이, 헛되이……

투명한 나뭇가지들에 튀는 피,

군인, 전투의 발자국으로 퓨마의 밤에

명령들, 상처 입은 발들……

모두 새의 깃털로 왕관 장식된 정적으로 돌아간다

　멀리 있는 어느 왕이 메꽃들을 통째로 삼키는 그곳

으로.

LXIX

세사르 바예호
『트릴세』에서

바다여,

네 교육의 두께로 우릴 찾는구나!

열병의 양지에서

위로받을 길 없어 지독하구나

파도 울며 돌아서는 동안

높이 오르는 네 큰 괭이로

높다란 네 잎으로

미친 듯 참깨를 찍어대고

네 개의 바람으로

모든 기억을 없애버린 뒤

입술 모양의 텅스텐 쟁반, 어금니를 돌리누나,

거북 무리의 정지된 'L'들을 찍어내누나.

사람들의 공포에 맞춰 파르르 떠는

검은 날개의 철학.

바다, 발로 출간된 책,
유일한 페이지,
겉표지와 속표지.

프라이 바르톨로메 데 라스 카사스

파블로 네루다
『모두를 위한 노래』에서

밤에 사람은 생각하지,

5월의 안개 사이로 노동조합을 나와

지친 몸으로 집에 돌아왔을 때, (5월은

그날의 패배가 가없는 고통의 맥박처럼

추녀 끝 물방울로 떨어지는

비의 계절)

가면을 쓴 부활,

간교한, 천연덕스러운, 쇠사슬로 엮인 비탄이

너와 함께 들어가려 열쇠 구멍으로 올라갈 때,

금속처럼 부드럽고 딱딱한, 땅에 묻힌 별처럼

오래된 불빛 하나 올라오는 것을……

바르톨로메 신부님,

이 잔인한 자정의 선물, 고맙습니다

　　　고맙습니다, 당신의 실은 끊을 수가 없었어요

당신은 압사로 죽을 수도 있었죠,

　　분노 서린 송곳니의 개에게 잡혀먹힐 수도
있었죠

　　타오르는 집에서 재로 남을 수도 있었죠

　　수많은 살해, 미소로 관리된 증오(십자가의
배신)의 차가운 칼날들을 잘라버릴 수 있었죠

　　창문으로 던져진 거짓말을 자를 수 있었죠

　　수정 같은 실은 또 숨이 끊어질 수 있었죠

　　행동과 전투로 실천하는 투명성,

　　사람들은 당신처럼 살지 않죠

　　나무에게도 당신 그림자 같은 그림자는 없
지요

　　그 위에 대륙의 살아 있는 불덩이가

　　그 그림자를 향해 달리죠

　　사지가 잘린 상처, 몰살돼버린 마을,

모든 것은 다시금 당신의 그림자로 태어나죠

당신은 고통의 경계에서 희망을 쌓지요

신부님, 당신의 존재는 그들에겐 행운이었
어요

플랜테이션 농장에서

죄악의 검은 곡식들을 씹으며

분노의 잔을 매일 마신 것

누가 발가벗고 당신을

분노의 이빨 사이에 밀어넣었나요?

당신이 탄생했을 때

칼을 든 다른 눈들이 어떻게

들여다보던가요?

어떻게 당신의 변하지 않는 밀알이

세상이란 빵에 반죽이 되기 위해

인간의 숨겨진 밀가루에 효모처럼 섞일 수 있
을까요?

당신은 피에 굶주린 환영들 속에서 현실이
었어요

당신은 형벌의 돌풍 위에서도 부드러운 영원
이었어요

전투와 전투 속에 당신의 희망은 꼭 필요한
무기로 변했어요

외로운 싸움은 가지를 쳤으며 부질없던 울
음조차 사람들을 모았죠

동정은 필요 없었어요

당신이 당신의 기둥들을, 축복해주던 당신의
손들을,

보호막이던 당신의 망토를 보여주었을 때,

적들은 눈물을 질근질근 밟으며 하얗게 질
려버렸죠

높고 텅 빈 자비심, 경건함 등은 버려진 대
성당처럼 쓸모가 없었죠

무적의 결단이었어요, 당신의……

생동하는 저항, 무장된 심장.

당신의 타이탄 같은 힘 때문이었어요

당신의 형상은 꽃이었어요

저 위에서부터(스페인 왕실) 정복자들은 당
신을 지켜보려 했죠

돌의 그림자처럼 대검에 의지하며

그들은 당신에게 가래침을 뱉고 빈정대며

"저기 선동자가 간다. 외국인들이 돈을 줬지, 조국이 없어, 배신했지"

등 거짓말을 했죠

하지만 당신의 설교는 결코 나약하지 않았어요

순례의 모범이었으며, 나그네의 시계였지요

당신의 나무는 공격당한 숲이었습니다. 타고난 그루터기엔 칼이,

당신의 정원은 아주 컴컴해지고

시간의 결합, 생의 진행 가운데 단연 예언의 별자리는

당신의 앞서간 손이었어요, 민중의 깃발.

오늘, 신부님. 저와 함께 이 집에 들어갑시다

당신께 편지들을 보여드리겠어요

내 마을의 박해받는 사람들의 시련과

그들의 아주 오래된 고통들을 보여드릴게요

넘어지지 않기 위해,
땅 위에 서기 위해, 계속 싸우기 위해
내 가슴속에, 방랑의 포도주와
당신의 달콤한 빵을 품으렵니다!

LXXI

세사르 바예호
『트릴세』에서

네 차가운 손에 뱀처럼 꿈틀거리는 태양
네 호기심 속에서 조심스레 부서진다.

조용히 해, 아무도 네가 온전히 내 속에 있는 줄 몰라
숨죽여, 조용히 하란 말야.
아무도 내 간식에 자양분이 풍부한지 몰라
어두운 사람들, 눈물의 아마조나들.

저녁이 때리는 채찍에 마차들은 가고
그들 중 내 것들, 얼굴을 뒤로한 채
네 손가락이 끄는 치명적인 고삐에 끌려간다
네 손과 내 손이 교대로 경계를 서는.

너 역시 조용해, 미래의 황혼아
비웃어봐, 거만스럽게 구는 수탉들의 질투를,

벼슬을 칼처럼 거만스럽게 세우라구,

감청색의 나머지 반쪽 벼슬마저.

길 잃은 자여, 기분 풀어

아무 모퉁이 가게에서 술을, 네 술을 마시렴.

켄타우로스에 대항하는 라우타로(1554)

파블로 네루다
『모두를 위한 노래』에서

라우타로는 파도에서 파도로 공격했다.

아라우카의 그림자를 채찍질했다:

그전에 붉은 민중의 가슴에

카스티야의 칼이 꽂혔다.

돌과 돌 사이, 여울과 여울 사이,

바위 아래 매복해서

물메꽃들을 바라보며

오늘, 숲 속 구석구석 게릴라들이 심겨 있다

　　　　발디비아는 돌아가고 싶었다.

　　　　　　　　　　　하지만 늦었다.

라우타로가 번개의 옷을 입고 도착했기 때문이다.

슬픔의 정복은 계속됐다.

남극 황혼의 축축한 잡초에 길이 열렸으며

　　　　　　　　　　　　　　말들의

검은 질주로 라우타로는 도착했다.

피로와 죽음이
발디비아의 군대를 잎이 무성한 곳으로 몰고 갔다.

라우타로의 창들이 가까이 왔다.

주검들과 잎들 사이에
발디비아가 터널을 지나듯 지나갔다.

안개 속에서 라우타로가 도착했다.

그는 돌멩이투성이
엑스트레마두라 지방에 관해 생각했다.
노릿노릿한 식용유, 부엌, 바다 건너 두고 온 재스
민에 관해.

라우타로의 포효를 알아차렸다.

양들, 딱딱한 농장들, 흰 담벼락들,
엑스트레마두라 지방의 저녁.

　　마침내 라우타로의 밤이 다가오고 말았다.

스페인 장수들은
피, 밤, 비에 취해 비틀비틀 퇴각하고 있었다.

　　라우타로의 화살들은 쿵쿵 뛰는 맥박을 가
졌다.

스페인 군사령부는 피를 흘리며 후퇴했다.

라우타로의 가슴은 쿵쿵 연주를 하고 있었다.

발디비아는 멀리 빛, 극광, 생명,
폭풍 노도의 바다가 다가옴을 보았다.

그는 라우타로
였다.

닫힌 밤

레온 펠리페
『오, 이 낡고 부서진 바이올린!』에서

이제 더이상 못 가겠어

자꾸만 딱딱하고 시커먼 돌에 부딪쳐

더이상 못 가겠어

돌아가야 할 것 같아……

뒤로……

길,

장님의 길,

다시 한 번 나를 못 가게 만드는……

딱딱하고 시커먼 돌에 부딪쳐,

하늘은 어두워지고 그 역시 딱딱해지네

난 깜짝 놀라 소릴 지르고

아무것도 듣질 못해,

아무것도 보질 못하겠어

울 수도 없어

홀로 길을 잃어버렸어

낮은 오질 않네

결코

결코

결코

천사 친구들이여, 왜 날 버리고 가는 거야?

날 버리지 말아다오!

어떤 소리라도 내봐,

날개들을 움직여봐!

날갯짓 소리라도……

어디 있느냐? 내 천사 친구들.

그리스도

레온 펠리페

『오, 이 낡고 부서진 바이올린!』에서

그리스도

당신을 사랑해.

어느 별에서 내려와서가 아니라

당신은 나를 깨우치게 만들었기 때문이야

사람은 피,

눈물,

닫힌 빛의 문을 열기 위한 열쇠와 연장을

지닌 존재란 걸!

그래…… 당신은 사람이 신이란 걸 우리에게 가르

쳐주었지……

불쌍한 신, 당신처럼 십자가에 박힌 불쌍한 신.

저기 골고다, 당신 왼편에 박혀 있는 저 좀도둑 역

시……

당신처럼 신이란 걸!

역사의 이 거만한 대장

레온 펠리페
『오, 이 낡고 부서진 바이올린!』에서

대사제님…… 괴물, 자비심 없는 괴물 같은 신이

우릴 창조했기 때문인지도 몰라요

만약 우리가 그런 신에 의해 만들어졌다면

그는 우리에게 연민을 느낄 필요가 없겠죠

인간들 사이에선 더욱 그럴 거구요, 더욱……

생이란 열린 턱과

게걸스럽게 삼켜지는 것들 간의 먹이사슬 아닌가요?

지렁이가 씨앗 하나를 삼키면 암탉은 지렁이를 삼

키고

사람은 또 그 닭을……

왜 신은 사람을 삼키려 들지 않을까요?

얼마나 기가 막힌 먹잇감인데!

당신은 우리가 대식가인 신,

괴물 같은 신의 맛있는 음식이 될 거란 생각은

해보지 않았나요?

거대하고 컴컴한 터널 같은 곳에, 엄청나게 큰 식도 같은 곳에

더럽게 비틀린 미로 같은 역사의 창자를 지나 내려가고,

또 내려가고 천천히 내려가고 있음을, 생각해보지 않았나요?

누군가 우릴 삼켰어요

어떤 향연에서 어떤 주정뱅이가 우릴 삼켜버렸어요

계속, 영원히 삼킬 거예요

지금까지 그랬던 것처럼 미래에도 그럴 거예요

이게 법 아닌가요? 법 맞죠?

가끔 상상하죠— 대사제님, 내 주제에 무슨 상상을!

하지만 상상 정도는 하죠……

게걸스러운 괴물 같은 신이 우릴 깨끗하게 해주리란 것을

우린 항상 "역사의 이 거만한 대장"에 대한 원천과 정의를 찾아 헤매죠

신의 꿈,

신의 입김,

신의 사랑스런 교접……

여기 마지막 철학적, 실존주의적 발견이 있어요, 뭐냐구요? 음…… 그건 바로

신의 똥!

누가 항의해요? 누가 소릴 지르고 코를 막나요?

됐어, 당신네들…… 아님 뭘 원하는 건데?

대사제님, 당신이 원하는 건 또 뭔가요?

우린 전쟁 뒤에 찬미가를 노래하고 또 뭘 계속해야 하나요?

우린, 신의 똥이에요!

자, 모두 반복해봐요, 똥이라고…… 또오옹!

하지만 그 누구도 겁내지 마시길……

이 모든 게 상상일 뿐이니

대꾸할 가치조차 없는 어느 늙고 미친 시인의 상
상……

아, 약제사, 훌륭한 약제사여, 나에게 사향 1온스만
팔구려!

내 상상력에 향기 좀 치게……

십자가와 빈 주머니

레온 펠리페
『오, 이 낡고 부서진 바이올린』에서

골고다의 비극에는……

역사 화첩, 이야기…… 신이 들려준 이야기,

신에 의해 한 잎, 한 잎 따진

빛과 피로 된 장미처럼

꽃잎, 꽃잎

시구, 시구

복음서 네 개의 은쟁반에 담아……

배신자의 이름은……?

누가 나쁜 놈이야……?

― 유다.

　　　― 아니야!

　　　　　　― 그럼 누구?

― 아무도…… 바람이야

― 바람? 유다가 바람이란 말이야?

― 유다가 실제 존재했다고 믿는 이는 그리스도를

팔아먹을 사람이야

　유다는 검은 도포야, 역사의 옷장에 보관된……

　단지 복음을 완성하기 위해,

　아무 배우에게나 옷을 입혀 등장시킨 거야, 그것도
데뷔 날에……

　지금은 부활절마다 마을 사람들 중 하나를 무작위
로 골라 그 옷을 입히지

　유다는 바로 무화과에 걸려 있던 더럽고도 텅 빈 옷
이야, 도포란 말이야

　바람에 가득 부풀어 틀어지기도 그로테스크하게 움
직이기도 하는……

　한 해는 요한이 입고 다른 해는 베드로가 입지

　십자가처럼 말이야

　ー십자가? 그럼, 예수도 바람이란 말이야?

　ー예수는 텅 빈 십자가야! 저기 있잖아, 텅 빈 골고

다 언덕에

말씀이 아버지의 가슴에 올라가던 날, 몸이 땅의 가슴에 내려오던 날,

그 승천과 강림의 날로부터 지금까지, 저어기 있잖아……

당신네들을 기다리는 텅 빈 들판처럼, 소유주 불명의 혹은 공동 소유의 들판처럼.

말라깽이의 상징이지, 벌거벗고 두 팔을 벌리고 있는……

신을 위해 만들어졌지만 인간과 잘 어울리지

도둑놈도 판사도 잘 써먹고 있어

저기 있잖아, 저어기……!

올해는 또 누구 거야?

오늘은 또 누가 몽둥이 같은 홀笏, INRI와 면류관의 주인공이 될 차례야?

탄젠트

레온 펠리페
『오, 이 낡고 부서진 바이올린!』에서

그리고 탄젠트, 대사제님?⋯⋯

구의 반지름이 뒤틀어져 빠져버리면?⋯⋯

물레방아를 돌리던 노새가 어느 날 미쳐 일상적인 후렴으로부터 자유로워진다면?⋯⋯

팽팽하던 새총의 고무줄이 돌멩이의 분노가 폭발하도록 갑자기 홱 풀어져버리면?⋯⋯

원으로부터 도망가려는 저 불 같은 절선이 탁, 발사된다면?⋯⋯

왜냐하면, 대사제님, 하늘엔 음⋯⋯ 위아래가 없잖아요

인간의 별을, 그 발사된 것을 찾는 거죠, 그 신비로운 로켓.

자살하거나 반역하거나, 도망가는⋯⋯ 시간의 물레방아로부터.

투창처럼,

광선처럼,

성가聖歌처럼.

신은 구슬과 시계를 만들었지요 방아가 끊임없이 돌도록

시계추는 아주 단조롭고 정확하게, 돌고 도는 바퀴 수를 세구요

어린이 장난감, 대사제님, 얼마나 경이로운 선물입니까!

하지만 어린애는 어느 날, 그 장난감에 싫증을 내고

내장과 비밀을 빼버리죠, 태엽 장난감 말처럼

톱밥과 헝겊의 말처럼 말이에요

추가 멈추는 날이죠, 지구가 미쳐 아무 의미 없이

우주에서 돌고 도는 날이죠

어린애가 탄젠트를 발명하는 날이죠

그것은 위대한 모험가들이 빛으로 긋는 성스러운

성호이자 신비로운 문,

　기적의 기사들의,

　자살한 시인들의,

　미치광이들의,

　성자들의⋯⋯

　그들은 모두 신을 찾다 바람 속에서 사라지는 이들,

　너무나 지쳤노라 말하기 위해

　시계 태엽에, 폭군의 자줏빛 딸꾹질에,

　턱수염과 영원한 주름살에,

　어쩔 수 없는 죄악들에,

　이 미친, 비정상적인 자전自轉에,

　세상의 우스꽝스러운 장난감에,

　어둡고 어리석고 괴물 같은 선물에,

　이 치명적인 기계에,

　그 기계 속에서 어제 한 짓을 내일 또 하게 되는

우리에게.

네 검은 성체를 다오

레온 펠리페
『사슴』에서

회색빛아, 날 동정하지 마.

네 검은 성체를 다오, 네 마지막 빵을……

반환점도 없고 기억도 못할 꿈.

저 검은 우물에 빠지게 내버려둬,

진흙과 구더기가 있는 저, 저 아래……

생은 푸른 유령이 되고 마는 곳,

아무도 보지 못한.

대모험

레온 펠리페
『오, 이 낡고 부서진 바이올린!』에서

세숫대야, 낡은 투구, 후광……

이것들이 바로 명령이다, 산초

4세기가 지났다……

로시난테는 어둡고도 피투성이 모험의

역사의 딿고 까칠한 길을 걷고 또 걸어

아주 피곤하게 터벅거리고

기사와 그의 종자는 침묵을 지키며 저 멀리서 온다

열린, 불 켜진 카스티야 고원을 통해

천천히,

소박하나 영광스러운 기마騎馬로

그 환각적인 불빛 아래로

오, 저 불빛!

위대한 시적 은유를 위한 적절한 빛이 아닌가!

위대한 기적과 경이!

산초는 세기 중에 많이 컸다……
동여맨 듯 주인 곁에 찰싹 붙어
세계를 일주했다
이제 더이상 단순하지도, 천박하지도 않을뿐더러
용감하며 귀티마저 나 보인다
그 역시 많이 여위었다,
피골이 상접해 있다
그 형상이 그의 주인과 흡사하다
저 출렁출렁 울리던 뱃살, 그의 고향에서
그 유명한 항아리들과 운을 맞추던 울렁울렁 똥배,
쑤욱 들어가고 없구나
(산초, 나 이제 알았어…… 전쟁, 패배, 굶주림……
오, 생生은 행자들의 위대한 스승이란 걸!)

이제 더이상 그대를 똥배 산초라 부르지 않을 걸세

이제 누구도 그를 똥배 산초라 불러선 안 돼!

그는 산초 갈비야!

아니 그냥 산초라 불러야 해!

산초란 태양의 아들이란 뜻, 빛에 복종하고

기꺼이 그를 위해 희생하는……

더욱이 그는 환상을 지니게 됐어,

이제 돈키호테처럼 말을 해

모든 사물을 돈키호테처럼 본다 말이야

미친 시인들의 수사적 메커니즘을 사용할 줄 알아

이제 사물들을 승화시킬 줄도 알아

개인적, 가정적인 것들을 역사적, 서사적인 것들로

추잡스러운 것들을 광채가 나는 것들로

이제 그의 주인처럼 말할 수 있어

―저기 저, 달도 없는 캄캄한 밤에 멀리 보이는 것은

목자들의 낡고 소박하고 가난한 오두막 불빛이 아니라

저, 저것은 바로 미래의 별이야!

저기 네 사람이 오네……

저 앞에……

인사해야지.

안녕하시오, 고귀하신 친구들……

환영이오, 기사!

라만차의 꺼지지 않는 별,

조국의 열렬한 샛별!

빛나는 애국자들……

누추하고 낡은 태양계에 오심을 환영하는 바입니다

산초, 당신에게 신의 가호가 있기를!

그리고 너, 로시난테에게도 마찬가지……

오, 족보 없고 폭삭 늙은 말이여,

혈통서도 없는……

하지만 네 영광은 세상의 어떤 "순종" 말보다 높구나

네 주인이 원하듯, 네 족보는 네 자신부터 시작이어라,

하지만 난 네 역사를 잘 알고 있지.

난 온 세상 사람들에게 말할 거야

온 천하에 네 멋진 세례 증서를 보여줄 거야

로시난테, 우리 모두 위대한 위인전에서처럼 말하
자구!

난 네가 아주 천박한 일에 매여 있음을 보아왔어

난 널 사역하는 여윈 말로 보아왔어

난 너에게 멍에를 씌우고 물을 길어올리게 하는 걸
보아왔어

난 네가 새벽녘 야채를 싣고 수레를 질질 끄는 걸

보아왔어

　가끔은 시청 쓰레기 수레를 끄는 것도

　어느 저녁, 일명 '사나운 축제'에 사람들이 널 끌고
갔을 때,

　난 카이사르 시절 기독교인이나 노예처럼 노란 바
퀴 위에 서 있는 널 보았어

　넌 마치 순교자의 말처럼 치장하고 있었지:

　엉덩이에 누더기를 걸치고 주홍색 손수건으로 눈을
가린 채……

　그건 네가 죽음을 보지 못하게 하기 위해서였어

　사나운 태양 아래 투우의 뿔과 창 사이에 넌 있었지

　신성모독과 저주의 비명 사이에서……

　너였어. 난 널 알아봤어

　용서해줘!

　우릴 용서해줘!

로시난테, 난 널 변함없이 사랑해왔어

'사나운 축제'에서 난 너로 인해 눈물을 쏟아야만
했어

지금도 난 울음을 멈추질 못하겠어

네가 보상받도록,

네가 날 용서해주도록 하기 위해선

네가 우릴 용서해주도록 하기 위해선

온 세상에 공포해야 돼,

네 본적을

네 족보를

네 혈통서를……

난, 갖고 있어

올림포스 신들이 내린 네 세례 증서를……

어느 날 빛나는 사두마차를 타고 내려와

어질고 어진 친구 같은 태양의 아침에,

널 영광스런 준마들의 영원한 왕국으로 데려가기 위해

아폴로 신이 내려올 것이란 걸 난, 잘 알고 있어

넌 극광의 말들 중 가장 정통적인 말이기 때문이야.

네게도 절한다. 난

루시오, 내 친구

루시오, 금욕주의자

루시오, 고통의

루시오, 끈기의

―그리고 네게 나직이 말한다,

네 큰 귀에 가까이 다가가―:

참아…… 참아…… 아시시의 성 프란체스코의 참

을성보다 좀더,

널 위해 편한 의자를 예약해놨어,

네가 상징처럼 영원히 쉴 수 있게 말이야

스페인 시詩의 별자리에……

모두를 위해 건배!…… 건강과 부富를 위해!

부! 좋구나, 스페인 사람이 부를 필요로 하다니!

잘 못 들었구나, 다들.

자, 다시 한 번 말해볼게…… 더 크게……

이렇게 두 손을 확성기처럼 말고 말이야

부!…… 좋구나, 스페인 사람이 부를 필요로 하다니!

돈키호테는 가슴 위 구부러진 수염을 손으로 세우
곤 눈을 감는다……

기사님 주무시나요?

기사님은 안 주무세요!

돈키호테는 의자 위에서 뒤척이고, 산초는 그가 몽
유병 환자처럼 말하는 걸 듣는다:

"우린 아주 많이 걸었어, 세기와 세기를 말이야, 지
구 상의 모든 마을을 돌아다녔지,

　역사의 모든 승리와 패배를,

　하지만 산초,

　아직 우리의 '대모험'은 시작되질 않았어."

　"대모험이라뇨?" 종자가 묻는다.

　주인은 대답이 없다.

　가슴에다 머리를 접곤

　다시 눈을 감는다⋯⋯

　꿈꾸고 계시나요, 기사님?

　그래, 맞아 꿈을 꾸고 계셔!

　꿈! ⋯⋯ 꿈!

　어쩌면 대모험에 관한 꿈일지도 몰라!

　(난 이미 그 대모험이란 게 뭔지 안다.)

만약, 오늘 그 대모험이 있게 된다면,

무대를 준비해야 해.

멋있는 경치 하나가 필요해.

위대한 무대장치사를 불러!

그리고 기술자 하나.

자 시작하자구:

여긴 카스티야.

이곳이 카스티야야.

우린 지금 카스티야 고원의 가장 높은 곳에 있지.

꼭대기야.

고명한 고원!

여자 소경들이 지나가.

—들에는 아무도 없어.

평원, 평원…… 모두 평원이야……

들판엔…… 나무 한 그루도 없어.

저기 멀리, 도망치는 포플러 몇 그루……

도망치게 내버려둬!

난 나무들이 싫어……

새들도 싫고……

그러니 새들도 다 날아가버리게 내버려둬

―그럼 독수리는요? 무대장치사가 끼어든다

독수리는 항상 영광스런 서사시 서두에 나오잖습니까

내가 말한다

―스페인의 모든 패배에, 하긴 우리에겐 패배만 있었지만……

단지 작은 까마귀 한 마리 나타난다

그러나 스페인이 처음으로 승전고를 울릴 이 전투에,

이 결정적인 전투에 난, 산수유나무를 원치 않아……

독수리도 마찬가지

―하지만, 독수린…… 기술자가 끼어든다

독수린…… 카스티야의 상징이잖습니까

―독수린 노예근성과 치장성이 짙은 새야

내가 말한다

날개 속엔 비상飛翔보단 문장文章이 들어 있지

너무 바로크적이야

그로테스크한 머리, 구부러진 부리, 벌어진 날개들은

우리가 지시하고 요구하는 것들을 신비롭게 노래하

질 못해

게다가 충분히 날지도 못하거든

우린 무척 높이 올라가야 한단 말이야

우리가 올라갈 곳에선 독수린 호흡을 못해

단지 전쟁용 새일 뿐이야 군인들의 친구인……

황제의 빛나는 투구 위에 앉기를 좋아하지

항상 왕들의 문장에 있는 걸 보았어

전쟁의 알을 품는 거만한 닭으로

깊숙이 몸을 파묻고 앉아 항상 투구를 잡고 있지

맘브리노의 투구에서도 그렇게 하고 있어

독수리의 비상은 나에게 아무런 소용이 없어

하긴 군인 말고도 독수리를 귀엽게 여기는 시인들
이 있지

하지만 단지 비상에만 고개를 끄덕이는 시인들이
많아

이 새에는 많은 비유가 있어

멕시코 사람들이 이 새를 숭배하지……

그들이 아주 아끼는 동물이야,

그들의 신화에서부터 피라미드에까지……

하지만, 안데스에 그리스도가 도착하고부턴

멕시코의 하늘에서 아스텍 독수리의 비상이

포물선과 수직선을 잃어버리게 돼

독수리, 꺼져버리라고 해!

내겐 소용없어!

그럼 태양은요? 무대장치사가 말한다,

어디에다 두죠?

— 천장에,

고원 위로 정의감 넘치게 수직으로 떨어지는 모양

새로……

깨끗하게

그대로 드러나게

단지 평행광선의 빛 뭉치만 보이게……

희고 마르고 똑바른 도로,

푸른 수평선에 꽂힐 때까지

구름 한 점 없는 푸른 하늘……

땅에 구름 그림자 한 점 없고 곡선 하나 없도록……

누군가 카스티야엔 곡선이 없다 했지

맞는 말이야

이 신비롭고 엄격한 풍경에 곡선이 있어선 안 되지

곡선뿐 아니라 그림자도……

기하학……

직선의 기하학……

기하학……과 빛.

오, 빛, 내 생의 빛과 사랑!

카스티야의 거만한 빛이여!

넌 날 태어나게 했으니, 죽을 때도 나에게 네 수의
를 입혀다오!

그래 빛은 그만하면 됐어

사물들이 윤곽을 갖지 못할 정도야

맞아, 벨라스케스의 빛이 그래

대상들에겐 번쩍여서 옆얼굴이 날아갈 정도로

춤을 추게 만드는 광채가 있어

땅덩이는 끓고 태양은 화를 내지

이 모든 게 큰 오븐 속 같아

사물들이 일상의 형태를 잃어버릴 때까지

우지끈거리고 탁탁 소릴 내며 떨지

지구는 고통스러워해

모르지, 이 비참한 행성이

　─오, 기괴한 일!

　─지금 별을 출산하고 있는 건지도 몰라

곧 뭔가 이상하고 초자연적인 일이 이 세상에서 벌

어질 것만 같아

　─참 몇 시야? 지금 이 시詩의 시간으로 말이야

　─한 야비한 사람이 왕으로 보이는 시간,

어느 누더기 매춘부가 전설의 공주로 보이는 시간,

알돈사 로렌소가 둘시네아로 변하는 시간,

　성인들과 신비주의자들, 스페인의 위대한 미치광이들이

신의 얼굴을 보는 시간,

　애벌레 한 마리가 나비로 변하는 시간,

　조물주의 두려움을 모르는 은유의 시간,

　식후의 낮잠 시간,

　위대한 기적들이 일어나는 정확한 시각.

　—합창단은 없어요? 시에는 합창단이 없는 거예요?

　—없어! 전조前兆의 정적,

　고원에선 모두 침묵을 지킨다

　밖은 모두 잠들었다

　오래된 전쟁의 카스티야는 천년의 잠을 잔다……

　대장의 스페인도 잠을 잔다

　명문대가에서도 잠을 잔다

명이 긴 양어머니도, 내 아들들도, 늙은이들도, 청
년들도

모두 잠을 잔다

스페인 사람들은 모두 잠잔다 프랑코도 엘 시드도
잠잔다

망명 중인 스페인인들도 멀리서 잠을 잔다

모두 잠잔다!

단지 돈키호테만 깨어 있다

스페인이여 자라! 왕은 깨어 있으라!

오! 미치광이 불쌍한 나사렛 왕이여!

그를 보아라…… 저기 있다!

그가 바로 영웅이다!

여러분 곁에 있다!

오래된 마술 도구처럼,

광대놀이에서의 위대한 꼭두각시처럼

그가 바로 내가 어느 날 불렀던 사람이다:

뺨을 맞는 불쌍한 광대.

하지만 사실이 아니야.

그가 바로 왕이야…… 우리의 왕!

　　　　영웅!

이제 난 그를

위대한 마술사라 부를 터.

함정과 속임수도 없이 훌륭한 마술을 해낸다구

그건 기적이야

돈키호테가 바로 기적을 이룰 수 있다구!

어느 날 라만차의 대로를 가던 도중

나귀를 타고 가던 시골 여자를 만났지.

못생겼어. 지독히도 작고 치열도 엉망이고, 양파 냄

새가 났지……

　괴물이었어.

　이름은 알돈사 로렌소.

　돈키호테는 그녀를 보곤……

　모르겠어. 어떤 기막힌 상상의 메커니즘이 작용했
는지 이렇게 말하데,

　소리쳐!:

　저기 저 오는 여인은…… 둘시네아야!

　토보소의 공주!

　강한 믿음으로 말하곤, 자신의 말을 지키려는 듯

　창을 꽉 쥐곤, 알돈사 로렌소가

　라만차의 그 더러운 모래 길에서 사라질 때까지……

　그후 둘시네아는 항상 역사의 시적 하늘에

　한 개 별처럼 박혀 있게 된 거야.

　그래, 밤이었어. 달밤이었지.

—밤이었어요?

기억해봐, 산초.

넌 시에라 모레나에 있었어.

4일 동안 아무것도 먹지 않았잖아.

몇몇 목동이 따뜻하게 공손히 맞아주었지.

그 마을은 스페인에서 가장 못살고 비천한 곳이었어

그 당시 너처럼 사람들은 글도 못 읽었지

양치기들이었어

하지만 모두 왕의 물품을 수송하는 일을 했지

가난했어. 다들……

하지만 양 한 마리를 잡아 고기를 나눌 수 있었지

커다란 자루들을 가져왔어. 안엔 빵도 있었고

그리고 술 부대를 열었어. 속엔 포도주가 들어 있었지

너희들이 누군지도 모른 채 선물을 했어……

　　—기억해봐

마침내 땅 위에 도토리 한 자루가 쏟아졌잖아

그건 목동들의 후식이었고

바로 그때가 네 주인이 도를 통하는 순간이었어

그 환대에 보답하기 위해 그는

도토리 한 줌을 쥐고 달빛 아래 올렸지

그리고 뭐라고 말하는 거야. 그러자 도토리들이 갑자기

세상을 평화, 조화, 정의, 사랑으로 바꿔버렸어

황금세기로 변해버렸던 거지

바로 그 세상이 오늘날 지구 상의 경제학자들과

온갖 성인이 찾아헤매는 세상이야……

그게 바로 경이로운 마술이지

돈키호테가 끄집어낸 한 줌의 도토리로부터, 비둘기 한 마리……

위대한 마술사의 하얀 비둘기.

너무나 복음 같아서 마치 예수가 말하고 있는 것처럼 보였어

이어 그는 예수가 비유로 시작했던 것처럼 말했지:

"그 시절엔……"

시간을 죽이며.

시간은 우리를 혼동시키고……

시간은 없어.

"행복했던 시간들과 시대…… 너의 것

그리고 나의 것들은 모르는 낱말이었을 때……"

"그 행복했던 시대……에……"

아휴, 그 시대가 언제였어요?

과거였어요? 미래였어요?

비유에는 시간이 없어!

그리고 그 시대는…… 올 거야

지나간 게 아니라 올 거야
올 거란 말이야!
예수 그리스도가 원했던 것처럼
믿음을 갖고 그 시대를 지극히 소망하고
그 시대를 지킬 것이기 때문이야

세르반테스는
양치기들이 그 황금세기의 이야기를 알아듣지 못했
다고 말하지만
그들은 알아들었어
우린 그들이 알아들었다는 것을 알지
지금 우리도 그날 밤 시에라 모레나 산맥 깊숙이서
돈키호테가 양치기들에게 말한 바 있던 황금세기에
서처럼
단 하루를 살기 때문이지

─하지만 어떤 시가 어떤 서사적 중요성을 띠게 되는 겁니까?

　여기 뒷굽이 높은 구두는 없습니까?

　지금까지 우린 모든 수사를 찔러봤지…… 호메로스의 것 또한.

　지금 호메로스는 아무 소용이 없어……

　아킬레우스도 그래

　뒷굽 높은 구두를 가지고 가버려

　난 그딴 걸 원하지 않아. 그건 제우스를 위한 것이야

　우린 복음에 나오는 귀가 먼 샌들을 신고 다닐 거야

　헤카베의 눈물 보자기 역시 가져가버리라고 해

　거기선 햄릿이 왕자답게 몇몇 코미디언에게 대가를 지불하잖아

　트로이의 여왕을 위해서 다들 눈물 짜도록.

　내게 헤카베가 뭐 중요합니까? 내게 트로이가 뭐 중

요합니까?

여기엔 수사적 눈물이 없어요

월급쟁이 어릿광대의 눈물 짜는 노래가 없어요

산 사람을 위해서 울지 않아요. 죽은 사람들을 위해서도 울지 않아요

나의 울음은 딸꾹질도 아니요. 디너파티의 콧물도 아니에요

우린 아주 소리 높여 울 것이야!

난 봐왔어. 세상 모든 제국과 모든 트로이가 먼지 속에서 사라지는 걸.

위대한 스페인 제국, 내 피와 내 혈통이 나온 그곳,

그 역시 먼지 속에서 사라지는 걸 보았어

아니야! 난 헤카베를 위해서도,

트로이를 위해서도, 스페인을 위해서도 울지 않아

난 더 높이 울고 싶어

나의 울음은 더이상 지상에 포물선을 갖지 않아

내 울음은 수직이야…… 그리고 찾는 중이야

몰라. 어떤 별자리를 찾는 중인지

하지만 난 한 왕국을 원해, 시작도 끝도 없는

시간이 흘러도 붕괴되지 않을 영원한 왕국

내가 만지는 모든 사물의 빛을 성스럽고 영원하게

만들 왕국

우린 6운각의 시로 인해 울지 않을 거야

6운각의 악센트 역시 나에겐 소용없어

6운각을 가져가버려!

여긴 내 악센트 외엔 다른 악센트가 필요 없어

난 나에게 쓸모 있을 유일한 악센트를 요구하고 있

단 말이야

내 것! 내가 세상에서 처음 구사하는 시구.

그건 수년에 걸쳐 노력해야 얻을 수 있는 것이지

그걸 사용하기 위해 80년이 걸렸어

엄청나게 울었어!

그건 아주 멀리서 나에게 찾아온 악센트야

터질 제방 같은 내용, 피가 튀기는……

지금 이 노년기에 난 억제할 수 없어

결코 억제해서도 안 될 것이야

모든 6운각 위에선 급류처럼 뛰어라!

아니면, 6운각의 악센트가 피의 고동을 꺼버릴지도 몰라

난 무엇보다 내 심장의 고동 소리를 계속 듣고 싶거든

내 피의 흐름은 하나의 운을 이루는 시적 리듬이지

이건 내 잘못이 아냐, 내가 억지로 그 리듬을 찾고 있는 게 아니야

이 시의 어떤 시구도

11음절, 6운각, 9음절, 4음절 시로 만들 수 있음이야

나름의 시구를 형성하기 위해 조합하다 보면

항상 방법은 간단해, 그냥 내 심장에 정확한 음표만
달아주면 돼

이 시작법은 어떤 언어로 번역하는 데도 유용하다
는 거야

한 줄의 시가 아주 멀리 날아야 한다면 말이지

(지금 이 시가 바로 멀리 날아야 해)

바로 이 날개들이 가장 적합한 것들이지

난 모든 도치법을 쓰는 바로크 문자들을

피가 흐르는 문자들로 똑바로 세우지

(난 도치법을 증오해)

난 날아가는 창처럼 깨끗하고 똑바른 시구가 좋아

만약 내 시를 번역한다면 제발 가장 간단한 형식에다

딱 맞는 율격으로 억지 없이 해줬으면 좋겠어

번역가들이여, 갈증을 느끼는 이들 모두가 마실 수
있도록

순박한 흙으로 만든 그릇을 사용해주세요

이 밤 난 여러분을 데리고 왔지, 또다른 마술을 보
여드리려고

또다른 기적.

다들, 뭘 거라 생각해요?

테너 가수가 나와 연애시 한 소절 노래할 거라 생각
해요?

아니에요!

난 여러분에게 스페인의 대마술을 보여주려 해요.

위대한 스페인의 마술!

스페인은

전사와 음…… 성인들의 고장이에요

자 여기 카드들이 있어요, 전사와 성인.

당신은 누구에게 걸겠어요?

자, 놀이가 시작됩니다

난봉꾼이 몸을 숨기지 못하게 여러분이 보시는 바처럼

깨끗이 정리했습니다

카스티야 고원, 이 모든 게 일어날 장소, 아주 말끔하게 만들었어요

나무 한 그루 없이

새 한 마리 없이

그림자 하나 없이……

빼꼼히 열린 천장의 빛도

조금의 빈틈도, 함정을 숨겨놓을 어떠한 구멍도 없

이……

난 지금까지 모든 바로크의 고대 유령을 놀라게 했
어요

그리고 수사법을 추방시켰지요

수사법은 작은 렌즈나 유리구슬 등을 숨기는

마술사의 트릭을 위한 보자기 같은 것이기 때문이
에요

자, 등장인물들을 소개 올립니다

우리의 영웅인 주인공은 잘 아실 테고……

장관壯觀을 위한 준비가 완벽히 됐어요

자, 다들 주목…… 이리 보세요!

아무도 우우~ 하지 않을, 아무도 우릴 속이지 않을

자, 주모오……옥! 시작해요

"대모험"

저기 두 사람이 온다:

기사와 종자……

클래식한 기마 자세로

저기 온다

저 앞 큰길……

천천히, 조용히……

돈키호테는 멀리 지평선을 살핀다

로시난테는 갑자기 몸부림을 치면서 간질병을 앓듯

머릴 흔든다

낌새가 수상하다

로시난테가 스치는 바람에 무슨 냄새를 맡았나?

고조되는 흥분,

냄새가 코를 아리게 하나 보다

저기 하늘은 파르르 떠는 한 장의 빨간 함석이다……

빛과 공기, 모두 떨고 있다

멀리 뭔가 춤을 춘다

돈키호테는 투구를 이마까지 눌러쓰고

숨을 깊이 들이마신 뒤

안장에서 엉덩일 치켜들곤

창을 똑바로 세운 뒤 머릴 곧추세워

딱 한 곳만을 바라본 채, 어딘지도 모른 채,

몽유병 환자처럼 그의 미치광이 일생 중 가장 활활
불붙는 시점인 양,

최대한 눈을 크게 뜨고 외친다

(그의 목소리는 뜨거운 하늘 아래 옴폭 들어간 함석
판까지 파르르 떨게 한다)

—저기 있어!!! ⋯⋯ 저기 온단 말이야!!! 보이지,
산초?

그의 종자는 땀과 흙으로 범벅이 된 이마에다 손을

없고 챙을 만들어

한쪽 눈으로 윙크하듯 저쪽 먼 길을 조심스레 바라
본다

그러곤 이내 백전노장인 종자는 흥분한 어조로 말
한다

—맞아요, 맞아! 맞다구요!!

그예요, 바로 그!

바로 그 기사, 돈 맘브리노……!

머리 위에 쓰고 있는 건 그냥 이발사의 세숫대야가
아니라구요

진짜 투구라구요! 그것도 금으로 된 투구……!

정말 전시, 실전에서 쓰는……

우리도 그와 함께 갑시다!!

—아니야! 조용히 해, 산초. 조용히 하란 말야!

—아이쿠, 가요! 함께……

종자는 계속 고집을 피운다

— 왜 그렇게 겁을 먹나요? 주인님은 지금처럼 겁먹
은 적이 없는걸요

— 입 닥치라고 하지 않았느냐, 산초.

돈키호테는 로시난테의 고삐를 다짜고짜 당기며,
정지시킨다

둘은 기다린다

돈키호테는 손에 들고 있던 창을 내리고

다시 한 번 뚫어져라 바라본다, 광기와 초자연적인
눈빛으로……

이어 가늘게 떨면서 입을 열기를:

— 저기 오는 이는 누군가? 어디서 오는 걸까?

땅 아님 하늘? 진동이 하도 강하여 지평선이 쫙 펴
지다가 도르륵 말리고 있구나

지평선이 없어, 지평선이 사라져버렸다구! 누가 오

고 있는 거야? 누가……?

돈키호테는 계속 외친다

― 맘브리노요!

산초가 반복한다

― 아니야, 산초! 맘브리노가 아니야, 머리 위에 쓰고 있는 건 투구가 아니란 말야!

― 그럼 뭐예요?

― 금은 결코 저토록 반짝이지 않아. 저건 금보다 훨씬 값진 것이야

마치 하늘에서 내려오는 후광 같은, 현기증이 날 정도의……

그걸 머리에 쓰고 다니는 이는 결코 유랑 기사일 수가 없어

― 그럼 누군가요?

― 몰라…… 천사 같아…… 머리에 불을 이고 다니

는……

돈키호테는 눈앞에 펼쳐진 광경을 묘사하는 데 한
계를 느낀다

─이제 와요, 왔어…… 지나가요…… 엄청 빨리 지
나갔어요……

산초가 놀란 표정으로 눈을 이리저리 굴리며 말한다

갑자기 번개가 치고 둘은 말안장에서 떨어진다

그리곤 땅에 처박혀버린다

시인이 막간을 이용해 중간 설명을 한다

─무슨 일이 벌어졌나?

누가 지나갔지?

지나간 이는 빛의 광채에 녹아버려 형체가 보이질 않
아

오! 기적을 이삭처럼 자라게 하는 카스티야의 환상

적인 마술적 빛이여!

　땅에 떨어졌던 기사와 종자가 일어났을 땐, 이미 그들의 말은 사라지고 없다.

　로시난테는 어디 있어?

　루시오는 어딜 간 거야?

　산초가 이리저리 찾아보지만 무기들도 오간 데 없다

　투구도,

　창도,

　칼도,

　방패도……

　돈키호테는 찢어지고 더러운 양말 한 짝과

　한 세기를 입은 듯한 낡은 조끼 하나 외, 거의 발가벗고 있다

　하지만…… 그의 머리에는…… 뭐지?

산초는 더이상 그를 알아보지 못한다

그를 경이적인 눈빛으로 바라보며 전율한다

―산초 무슨 일이야?

돈키호테는 그런 그에게 오히려 의아하다는 듯 묻는다

이에 산초, 돈키호테에게 되묻길:

―주인님, 대체 당신은 어떤 존재이십니까? 광채가나요, 빛을 입으셨다구요……

빛. 불의 왕관을 머리에 쓰신 듯.

(신성한 광기에 의해 타고 있던 뇌가 마침내 극광혹은 번쩍이는 왕관을 꽃피운 것 같다)

돈키호테는 겸손히 머리를 숙이며 성호를 긋는다…… 이어

아주 침착하게 기도한다

―무슨 기도입니까?

시인이 불쑥 개입한다. "당신의 왕국으로 오세요"라고 단지 낱말들만 낭랑하게 들릴 뿐이니……

돈키호테가 답한다:

— 방금 지나간 이는 천사야, 난 이미 그가 맘브리노가 아니란 걸 알고 있었지

산초가 확신을 갖고 맞장구친다:

— 맞아요, 돈 맘브리노가 아니었어요!

돈키호테가 말한다.

— 천사였어, 산초!

평화의 천사,

그래서 우리 무기들을 가져간 거야, 갑옷도……

그리고 투구도 바꿔놓았어, 아직도 내 이마에 잔재하는 이 빛으로……

우리 무기들을 모조리 가져가버리시곤 대신 님의 왕관을 남겨두신 거야

돈키호테는 불타는 하늘을 향해,

　말라붙은 독수리 대가리 모양의 나사렛 헤어스타일
의 머릴 치켜든다

　뺨을 타고 흐르는 눈물엔 태양이 무지개 빛깔로 부
서지고.

　마치 늙은 그리스도처럼 보인다, 공수병 걸린 개가
물어뜯어놓은 듯한,

　아주 못생기고 낡은 공예품 예수처럼……

　찾는다고, 다시 찾고 또 찾는다고

　피와 신비의 사발 속에 넣고 빨아 세기와 세기의 그
림자로 반죽한

　이 기이한 물질 속에 무슨 신성한 다이아몬드라도
들어 있다고,

　날카로운 끌로 후벼 파놓은 듯한, 이게 바로 지금의

돈키호테와 흡사한

　내가 사랑하는 스페인의 그리스도다…… 바야돌리드의 성상 조각가들이 만드는

　그리스도가 아닌……

　스페인의 성상 조각가들은 유리의 눈물로 예수를 만들어 겨우 빛이 날까 말까 하지만

　카스티야의 이 빛은 진정 눈물 한 방울에도 이렇게 번쩍인다구!

　여기서 난 배웠지, 아주 옛날,

　또 그렇게 되뇌길 좋아했지

　왜 우리의 눈은 보고 울기 위해 만들어졌을까?

　왜 소년은 처음으로 씁쓸한 눈물 한 방울에서

　태양광선이 부서지고

　또 거기서 일곱 마리의 새와 일곱 도깨비 색깔이

　밖으로 뛰쳐나옴을 알게 되는 걸까?

난 월급쟁이 성상 조각가들이 찍어내는 유리 눈물
의 괴이한 그리스도들을 원치 않아

그것들은 기껏 대모들을 놀라게 하거나 농군들을
현혹시킬 뿐이지

이따위 그리스도들은 필요 없어,

모두 다 꺼져버리라고 해!

난 늙고 추하지만 진정으로 우는 예수가 좋아

―기사님들도 우시나요?

―그럼…… 기사도 울지! 울고말고!

왜 우는지, 누굴 위해 우는지는 모를 일이지만,

진정으로 울지

진정으로 울지 않으면 시가 없어!

이 시를 쓰는 시인도 늙고 못났어……

그 또한 울지.

하지만 그 또한 왜 우는지를 모르지……

하지만 진정으로 울지 않으면 그에게도 시는 없어!

인간은 이상한 동물이야, 어느 날 울곤 더이상 울지

않아……

왜 우는지도 몰라,

누구를 위해서인지도,

눈물이 뭘 의미하는지도……

돈키호테가 머릴 땅 쪽으로 돌리며 그의 종자에게

묻는다:

─산초 나의 친구여, 이게 뭘 의미하는 것 같나?

산초는 무릎 꿇고 울면서 그의 손에 입을 맞춘다

그렇게 둘은 조용히 머문다. 꿈적도 않고……

마치 인간들의 피의 역사 속,

그 시간의 단면에 정지해버린 듯……

— 이제…… 주인님, 우린 어디로 가야 하나요?

종자가 말한다……

……………………………………………………

정지!

놀이

레온 펠리페
『사슴』에서

이 놀이, 대사제님

흰 공과 검은 공, 이 놀이 언제 끝날까요?

소란과 정적,

웃음과 울음,

빛과 밤,

……의 놀이

누군가는 묻지요, 밤이 뭐예요?

그 떨어진 눈물, 대사제님

미끄럽고 스케이트 타게 만드는

그 눈물,

그 바람의 바퀴에서 춤추고 흔들리는 그 눈물.

언제나 멈출까요?

또다른 이는 묻지요 하지만, 선생들……

여기서 무슨 놀이 하는 중이오?

항아리

레온 펠리페
『사슴』에서

죽음 말고는 다른 출구가 보이질 않았다……

파괴…… 꿈…… 다시 한 번 위대한 꿈……

점토와 바람 간의 결정적인 이혼

항아리, 저 항아리, 저 거만한 항아리는 잘 만들어

지지 않았어

걷잡을 수 없을 정도로 구멍이 나 있어,

사랑과 꿈의 연기들이 새어나가지

그리고 똥으로 가득 찬 뱃살

이제 그 항아리 깨졌어……

천둥의 원자에 의해 쏘아진 광원자가 온 거야

이제…… 대사제님,

도자기공에게 또다른 기회를 줘야 할 겁니다

마치 예전엔 아무것도 존재하지 않았던 양,

창세기부터 다시 시작해야 할 겁니다

얼마나 많이 만들고 깨부수고 만들고 깨부숴야 합

니까

저 거만한 항아리

인내, 희망…… 대사제님, 공……!

공을 울려요…… 공……!

다시 한 번 서문으로 돌아가, 다시 시작으로 돌아가

신이시여, 다시 한 번 손가락 사이로 부드러운 점토
를 반죽하시어,

다시 둥글게 구球를 만들어요

다시 한 번 바람에게…… 콧김을, 입김을…… 호흡
의 기적적인 증기를

후후후후……! 후후후후……! 후후후후……!

자 이제, 대사제님

이 세기적 경험 덕에 도자기공은 참 운이 좋네요

엮고 옮긴 이 **구광렬**

멕시코국립대학교에서 중남미문학을 공부(문학박사)한 뒤, 멕시코 문예지 〈마침표(El Punto)〉 및 〈마른 잉크(La Tinta Seca)〉에 시를, 멕시코국립대학교 출판부에서 시집『텅 빈 거울(El espejo vacio)』을 출판하고부터 중남미 시인이 되었다. 국내에서는 오월문학상 수상과 함께 〈현대문학〉에 시「들꽃」을 발표하면서 본격적인 활동을 시작했다. 저서에 우리말 시집『불맛』『나 기꺼이 막차를 놓치리』등과 스페인어 시집『하늘보다 높은 땅(La tierra mas alta que el cielo)』『팽팽한 줄 위를 걷기(Caminar sobre la cuerda tirante)』등, 에세이『체 게바라의 홀쭉한 배낭』등과 장편소설『가위주먹』이 있다.
UNAM동인상, 멕시코문협 특별상, 브라질 ALPAS XXI 라틴시인상 등을 수상했으며, 2008년과 2009년에 aBrace 중남미시인상 후보에 올랐다. 저서『체 게바라의 홀쭉한 배낭』은 젊은 비평가들에 의해 '2009년 최고의 책'으로 선정된 바 있다.
울산대학교, 동리목월문예창작대학, 대구교육대학교 등지에서 시창작법과 중남미문학을 가르친다. (http://cafe.daum.net/klkoo)

체의 녹색 노트

초판인쇄 2011년 12월 20일 | 초판발행 2011년 12월 27일

지은이 파블로 네루다·세사르 바예호·니콜라스 기옌·레온 펠리페
엮고 옮긴 이 구광렬 | 펴낸이 강병선
책임편집 오영나 | 편집 김동준 | 독자 모니터 엄정현
디자인 이경란 이원경 | 저작권 김미정 한문숙 박혜연
마케팅 정민호 김도윤 박보람 정진아 | 온라인 마케팅 이상혁 한민아 장선아
제작 안정숙 서동관 김애진 | 제작처 (주)상지사P&B

펴낸곳 (주)문학동네
출판등록 1993년 10월 22일 제406-2003-000045호
주소 413-756 경기도 파주시 문발동 파주출판도시 513-8
전자우편 editor@munhak.com | 대표전화 031) 955-8888 | 팩스 031) 955-8855
문의전화 031) 955-3576(마케팅) 031) 955-8861(편집)
문학동네카페 http://cafe.naver.com/mhdn

ISBN 978-89-546-1650-8 03870

www.munhak.com